狐步杀

张欣 —— 作品

南方出版传媒
花城出版社
中国·广州

图书在版编目（CIP）数据

狐步杀 / 张欣著. -- 广州：花城出版社，2021.4
ISBN 978-7-5360-9268-6

Ⅰ. ①狐… Ⅱ. ①张… Ⅲ. ①长篇小说－中国－当代 Ⅳ. ①I247.5

中国版本图书馆CIP数据核字(2021)第039398号

出 版 人：肖延兵
策划编辑：张 懿
责任编辑：周思仪
技术编辑：凌春梅
封面设计：八牛·设计

书　　名	狐步杀
	HU BU SHA
出版发行	花城出版社
	（广州市环市东路水荫路11号）
经　　销	全国新华书店
印　　刷	恒美印务（广州）有限公司
	（广州南沙经济技术开发区环市大道南路334号）
开　　本	880毫米×1230毫米　32开
印　　张	6.75　2插页
字　　数	114,000字
版　　次	2021年4月第1版　2021年4月第1次印刷
定　　价	49.80元

如发现印装质量问题，请直接与印刷厂联系调换。
购书热线：020-37604658　37602954
花城出版社网站：http://www.fcph.com.cn

再版自序

张 欣

每一部作品都有自己的命运。

《狐步杀》这部小说在《北京文学》发表以后，曾经被《小说选刊》《小说月报》等刊物选载并获得这些杂志的年度奖，令我深受鼓励。

更值得一提的是我尊敬的学者作家止庵老师还专程到上海，我们在思南公馆做了一场关于这本书的对谈。题目是我在上海文艺出版社的责编谢锦女士起的——"一桩完美的谋杀案"。而对于我来说，这次活动堪称完美，特色就是不夸张，比较平实自然那种。

2014年，花城出版社出版了我的一套"都市经典小说集"，共计十本。终于把我星散在各处的小说归拢到了一起，算是一个小结。

在互联网时代，纸质图书的前景其实充满艰辛，这样一套书的营销对于出版社的压力可想而知。然而时任社长的詹秀敏女士以及她的团队，居然没有一个人在我面前流露出担忧或者怨言，显现出一个大社的格局和气度，令我深怀敬意。

所以今年，我才会想到把《狐步杀》归入这套都市经典系列。

我的责任编辑思仪小姐说,张老师写个再版序言吧,或者后记。

时至今日再写《狐步杀》的创作谈,好处是经过了时间的沉淀,不比当年的许多感言多有即兴成分,现在的想法会更从容一些。

首先就是这本书里写了两个案件,但是它们之间没有半点关联,就像两条平行的铁轨永无交集。只是这两宗案件在同一位刑警脑子里受到了并案思索的启发。这一点也比较隐晦,没有浓墨重彩。

为什么坚持这样写呢?主要是在长年的写作中,我们多少集锦了一些套路,成熟作家的每一次写作都在回避套路,但有一些更深层次的"应该"却也顽固地守在同一领域。我总是觉得小说里的人物不必做"他或她应该"的描写,那是作家赋予该人物的想法,满纸活动的都是作家本人。而人物所能呈现的应该就是"他"或"她"自己,"他"或"她"是独立的,与作家是有隔膜的,并非一个扯线木偶。所以我就不想按牌理出牌。

其实也就是不走套路并且避开更深的看不见的套路。

这就要求作家具备内心担当,就要预测可能不被接受的结果,因为可能编辑和读者都不接受这种失常。

哪怕没有一句说教的小说其实都是一种教化,要破除固有的框架并不容易。

其次是苏而已这个人物,我也是有意为之。

要说我们的时代已经是风驰电掣,但是对于女性的审美标准竟然还有玛丽苏现象——被视为完美,无非单纯美丽处女情怀,然后质本洁白还洁去。搞得一票年轻女性做着"霸道总裁爱上我"的美梦,根本不知道现实社会是什么样子。

还有一些年长女性,也是被同样的价值观受洗,认为自己是过来人根本不值得被爱被尊重。

这都是什么鬼。

所以我写的苏而已并不年轻,失婚,有孩子,落魄,但就是凭借内心的那一份坚持,她依然有魅力。

我想说的是魅力这种东西不是一张所谓保养得当的少女脸,也不是守身如玉的烈女情怀,而是一份寻找到自我的独立宣言,无论在顺境逆境都能用自己的意志去思考,去努力,去做最好的自己。

同上一个问题一样,我们固然是在反复宣称绝不为市场写作,感觉那样过于卑贱,纠结的是现在的读者就是这种口味,要不要照顾一下?此外吊诡的是,作者本身就是这种玛丽苏女性观,写出来的女性比漂白粉还纯洁。

就我个人的写作习惯,我是一定会考虑读者的,换算成市场也可以,这种思维就是普通的不要"缺斤少两"、搞灌水文本。但是我考虑的是哪一个层次的读者,这倒是费思量的,总之我不会投其所好,我们必须一同思考彼此说服,或许触及你的痛点，你不希望这样，但是没有办法，我们在生活面前都是将被碾压的那个部分。我们只能一同清醒，而且我必须告诉你每一个年龄段的女人都可以有魅力，不必纠结于所谓完美。

以上这两点也许平淡无奇，但是可以引出我想说的核心语——"小说的陌生感"，我觉得这一点很重要，因为它不是一种重复。我们知道写小说需要阅历，需要人情练达，那就肯定会有经验之谈，但是比经验更重要的就是"陌生感"，当然这种陌生不是胡乱穿越或者耸人听闻，而是另外一种阅读体验，同时也是另外一种人生体验。

我觉得写小说最可怕的就是对路数的熟悉，然后有一种老马识途般的精心编织，最终重新回到老调重弹，写得再周到也不过是自以为是。

有许多优秀作家的小说，哪怕隔着漫长的岁月风尘，现在读起来还是有一种陌生感，是脱离我们思维体系的。

小说是写差异，是写不被常人理解的那个部分。肯定有风险，如果没有殊途同归肯定是一种遗憾，或者并未形成通达的结果。

然而，我也只能说《狐步杀》是幸运的，这表现在我所看重的编者、学者和读者都接受了它，并且有着更深刻的解读。

当然，这也是我的幸运。

2020.11.5

1

鸳鸯。走糖。

鸳鸯是广式茶餐厅特有的饮品，一半咖啡一半红茶，一半是火焰另一半还是火焰。配合在一起是熊熊燃烧的口感。走糖是不加糖，走盐是不加盐，全走是不加葱姜蒜。全走那还吃个什么劲儿？泡面不放调料包吗？

经济不景气，茶餐厅的老板娘芦姨更加没有表情，跟她拜的关公相貌仿佛。广式茶餐厅都有挎大刀的关公彩雕，意在牛鬼蛇神不要进来。收款台有招财猫。店很旧了，一直说要装修好像也没钱装，黑麻麻的卡座伸手都可以撑住天花板，回头客不离不弃。芦姨说，怀旧？不好意思说省钱当然怀旧啦，便宜味正而已。不装修也就没法提价，所以云集着一票不景气的人。

当然，周槐序除外，他其实是一个时尚青年，喝咖啡至少是星巴克，茶餐厅也得是永盈、表哥这一类香港人开的店。时代不同了，香港人也向内地同胞低下了高贵的头，先搞起了豪华版的茶餐厅,"歪非"无限用。来到这种随时会关张的老旧茶餐厅主要是前辈忍叔喜欢这里。

离分局近,抬脚即到。便宜就是硬道理。这是忍叔的价值观。

槐序喝了一口鸳鸯,把粗笨的白瓷杯蹾回桌上。"全是共犯,我一个都不原谅。"他气呼呼地说道。

忍叔喝的是柠檬茶,他永远喝柠檬茶,冬天是热柠,夏天是冻柠。芦姨说你都不闷吗?忍叔目光祥和,微笑道:"白坐在这里,你肯吗?"言下之意是图便宜买个座位。芦姨白他一眼走了。对于这两个便衣警察,芦姨从来没有好脸色,她儿子丢过一辆摩托车,报案了也没有找到,于是得出警察都是饭桶的结论。禁摩都多久了,找回来又怎样?她还是记仇。

忍叔哼了一声,慢悠悠道:"你原谅人家,人家的人生就开出花来了。"

曹冬忍。这个人就是这样,整天说让人顶心顶肺的风凉话。他老婆都说,好好说话你会死吗?忍叔回她,他们死死过我死。潜台词是他心情不好会得癌。所以他升不上去,刑警老狗。他的徒弟都像"长二捆",刷刷刷地飞上天,只有他剩下一张大蒜嘴。

槐序没有说话,他常和忍叔搭档办案子,早就习惯他轻慢不屑的语气。

忍叔清瘦,慢性胃炎,总是一副阴沉的表情,但目光中的疾恶如仇还是没有消失殆尽。

最近发生的一起命案,死者是一个78岁的老干部,痴呆症,但是身体非常健康。据说长寿都是和痴呆联系在一起的。居然死在医院的病房里。不可思议,那么安全的地方。对于老干部之死,院方支支吾吾,老干部的家属果断报警。当时头儿就特别嘱咐大家把该带的都带上,估计心里也是觉得老干部的家属最难惹,必须让他们抓不到任何把柄或说辞。结果每个专业都好多装备,勘查车上坐满了人,好像是去医院大比武。

正经八百拉了警戒线。

老干部姓王,住单人病房。护工是一个中年的西北男人,不说话的时候都表情凝重,人死了,他更加表情呆滞。这个人称老严的人,第一时间被侦查员带走做笔录。

每个部门的工作都做得周到细致。大家都戴好帽子、口罩、手套和鞋套进病房干活,拍照,甄别出物证。虽然大家心里都明白十有八九是医疗事故,因为不像有不相干的人进来过,老王全身上下又无伤痕,神态是一种解脱后的坦然。但是医患双方无法对话,该做的事情就一件不能少。

老严一遍一遍地回忆,死者老王前一晚还好好的,两个人看完电视，洗洗睡。半夜并没有什么动静，不过老严也承认虽然没动静但似乎有一只手拍过他的额头，他以为做梦，翻身又睡过去了。他的陪床紧靠着老王的病床，首尾的方向一致，估计老王曾经有过本能求救的信号。但是说这些都太迟了，待他早上六点打好水准备给老王洗脸时，才发现情况不对头。

有经验的医生说，老王大致是凌晨3点至4点走的。

值班的医生护士也有责任，但又可以证明一晚上老王的病房并没有按过紧急急救灯，护工也没有报告有何异样。反而是其他危重病人忙得他们团团转。

初步判断既不是自杀，也不是他杀。想要得到进一步的结论就要做尸体解剖。老王的老婆和两个儿子以及儿媳商量了一阵，铁青着脸同意了。

尸体被抬到本院的解剖科，由科里的大夫和法医共同参与，以求结果公正。

忍叔掏出一盒红双喜牌香烟，小周便起身到茶水柜处拿来一只烟灰缸。茶餐厅另外一个特色是偶尔服务自理。芦姨的脸色分明写着，又没有什么消费还差着服务生走来走去。

"可以结案了吗？"小周望着忍叔问道。

"不知道。"

"根本问不出什么来啊，就算我觉得他们是共犯。"

"人心案讲的是道德,又不归我们管。"忍叔的鼻子嘴巴一起冒出白烟,香烟顿时没了半截。他说是企图戒烟时落下的毛病,复吸就像报仇一样。所以做不到的事情还是不要许愿。

"死者家属好像不肯罢休似的。"

"他们当然想敲医院一笔。"

"扯皮啊?"

"一定的。"

两人都不再作声,烟雾环绕中。

周槐序是单眼皮男生,典型的五官端正,头发剃得很短,右边的鬓角上方还剃出一道闪电的纹路,配合他小麦色的皮肤,外加两成天然呆萌,还真是帅得惊动了党中央。他一米八七的个子,一直坚持铁人三项的训练,六块腹肌、人鱼线什么的都有,一眼看上去醒目标青。

小周的年轻不在于岁数,虽然已近而立,但眼中的世界只有黑白两色。所以是早晨的阳光,灿烂通透。一个人,若是明了了这个世界大致的状态是灰色,那得多老?多沧桑?像没有朋友的忍叔。

虽然高大威猛,小周也有心细如丝的另一面。他第二次来到医院,就发现了护工这个群体比较复杂,自成江湖。

首先是人物众多,应该是大量的需求决定的。内部又分两类人，一类是病人自带的，属于生护，只占少数。另一类是护士长手下的护工队伍，这个队伍才是真正的生力军。通常人们因为各种疾病住进医院，一时间到哪去找有一些护理常识的保姆？求助科室理所当然，护工队伍也就日益成熟。他们看似松散却有无形的组织，有统一的价格，当然医院要抽成，拿不到全额报酬。好处是熟护，知道医院的各种规矩和门路，有欺生的本钱。

护士长并没有时间管人，这样就有一个熟护头目上通下达。而具体到死者老王这个科室，熟护头目是护士长的远房亲戚，因为工伤跛足，干不了重活只好做小头目，吃点小钱。但他能量还蛮大，沾亲带故地招呼来好多人。这些人看上去并不怯场怕生，自在很多，可以互相照应，以院为家，跟城里人的关系有点反客为主。生护的出路就是要么巴结熟护，请求指点；要么搞不清状况处处碰壁。

老严是熟护这边的人，但是刚来不久。

而且他接手老王才第三天。之前的男护工是生护，据说跟着老王5年了，陪着住院也有两年上下。人称老刀，不知是姓刀还是脸上有一道疤痕的缘故。有疤痕就一定是刀疤吗？这个想法曾经在小周的脑子里一闪而过。当然这并不重要，只是便于记忆，尤其是对一个不曾谋面的人。老刀回老家四川了。

尸检报告出来了，结果出人意料。

老王是急性肠壁坏死、穿孔、破裂大出血，整个腹腔都是屎。说白一点就是憋死的。后来，听说解剖科的走廊恶臭了三天，气味始终挥之不去。

跛足人说，老王生前的护理，有一项就是要用手给他抠大便，因为他有严重便秘。本来都是老刀做这件事，但是老刀因为工资的问题跟老王的儿子小王大吵一架，就生气说不干了。本意是想拿住小王，逼其让步。没想到小王转身找到跛足人，叫他另找一个护工。老刀当然生气，两天没给老王抠大便，然后就走了。新接手的老严，是那种失去土地刚刚进城的农民，不怕苦活累活，就是大老爷们抠大便，自己过不了这一关，虽然戴一次性塑料手套，也不是一般男人能干的活啊。于是也是两天没抠。人就憋死了。

小周对跛足人道："你这不是知道得挺清楚的吗？为什么不跟医生说啊？"

跛足人道："也没有人问我啊。"

"也可以跟护士长说啊。"

不语。

护士长也说，这是太简单的事了，如果我们知道这个情况就会给老王灌肠。不至于搭上一条人命。

老王的家人对于这个结果非常愤怒，医院这一头当然是护理和管理上的责任,另一头牵扯出护工这个群体的黑暗、复杂。可以说熟护这边的人,多多少少都知道这件事,但是他们一律闷声不响。就是仇富心理嘛,报复城里人,情绪杀人嘛。一开始,小周觉得死者家属悲愤交加,言重了。但是找熟护工一个一个了解案情,还真让他无语。

科里有会议室,宽大的黑色实木桌椅,小周和忍叔并排而坐,面前摊着笔记本,神情严肃。隔着小公桌,对面孤零零地坐着调查对象,应该有一种无形的心理威慑力。第一个正式谈话的就是跛足人。

可他表现得很轻松,眼珠乱转,嘴角还有一丝隐蔽的笑意。

问他老刀的情况,他说这有什么意义啊,难道找到四川去问他抠大便的事吗?问他为什么知情不报?他说每天发生那么多事,谁知道哪些该报哪些不报。不按时给病人翻身就会长褥疮,报不报?一次两次死不了,但总有一天伤口会恶化感染,人也一样死掉。还不是跟你们一样,民不举官不纠。

乡里乡亲的,你就不怕老严吃官司?

怎样?过失杀人啊?

而且你还连累了护士长,说不定要查你们这一块到底怎么回事。

怎样？间接杀人啊？

小周一拍桌子，火道，你想怎样？到底是谁在办案子啊？！人都死了，你们怎么一点都不愧疚呢？

跛足人翻了个白眼，闷头不语。

忍叔用眼神制止了小周。从头到尾一言不发，好像小周在和跛足人演对手戏似的。

后面进来的人，就是那些沾亲带故的熟护工，也是满脸的讳莫如深，装无辜，冷漠，沉默，看到别人家倒霉莫名惊喜的那种表情，关我屁事的死样子，等等。仿佛他们的人生充满暗语和故事，对面的那两个人才是傻瓜蛋。

这个社会，还有善良的劳动人民吗？

一股咖喱特有的香味飘了过来，这让小周从沉思中回过神来。

茶餐厅的壁挂电视正在插播新闻，有一段视频触目惊心，只见一个原配夫人把一桶汽油泼在小三身上，打火机一闪，当街爆出一个火球。所有的人都目瞪口呆。原配夫人干完这事，歇脚一般地坐在马路牙子上，喝下一瓶"毒卒"，然后口吐白沫，一边失去意识，一边亢奋地喋喋不休。因为抗拒救治，在急救室里，两个警务人员还分别按住令夫人的左右手。

太过决绝，众人已经忘记评判和谴责，统一的神情是傻掉。

隔了好一阵，只听见忍叔咕咚喝了一口柠茶。

终于凝结的空间恢复了嘈杂。这样的社会新闻已然是咖喱里面的薄荷叶，绝配的谈资。无论是食客还是服务生都有自己的感慨。女的一边，大多认为应该把那个男的也烧死；男的一边认为那么神经质的女人怎么可能不离婚？

半天不出声的芦姨突然一声叹息，熟人们都看着她等待高见，她欲言又止，又不愿辜负大家，只得小声又无奈道："好多事，也不是你们看到的那样。"

忍叔咕咚一声又喝了一口柠茶，抹了一把嘴对小周说道："听到没有？不要相信你看到的。"

小周愣了一下，以为自己听错了。

2

微信上说，赖床是对周末最起码的尊重。

一觉醒来已是上午10点40分，柳三郎仍旧不想起身，紧闭双眼沉浸在自己的伟岸之中。

昨晚做了一个美梦，自己摇身一变成为西门庆西门大官人,丽春院的粉嫩名妓一脸娇羞地对他哭诉,自他走后小女将息了半个多月都还不能接客呢。三郎莞尔。但内心狂喜而醒。

微软还是松下?

大夫头都没有转过来,这样说。柳三郎只能看到电脑的侧面,他的眉头微微皱起,不过很快又平复了,他没有作声,心想,开什么玩笑,我跟你很熟吗?大夫还是没转过头来,好像是要敲完最后几个字。

公立医院人满为患,这里又太过冷清。公立医院总有一堆患者围着医生,根本没有人有隐私观念或意识。医生都是当着人问大便干不干?小便黄不黄?有公费医疗吗?有钱吗?有家族史吗?

这些问题都让三郎困扰。

因为他是一个内向的人,相比起时兴的各种晒,他认为他们有暴露癖。生活中无处不在的光和影,他都厌恶。

他从来不跟人讨论自己的私生活,包括用什么品牌的牙膏、护肤品、枕边书,订阅什么类型的报刊,吃的、喝的,更不要说那些深度忌讳的问题。家族史?当众宣布我来自癌症之家阳痿之家心血管短命之家吗?但是更多的人觉得,这有什么?

如果不是鸡汤，人们歌颂的一直是野草和胡杨，裸露着生命忍受沙化的环境，那种枯竭之美一直是被夸张的。可是从一开始，柳三郎就希望自己精致，隐蔽，不被任何东西打扰，像死去一样活着。

像他这样的人，在公立医院的诊疗室根本没法开口。

但是坐在这间明亮整洁的诊室，三郎已经后悔了——也不是看病的地方。男科医院，应该是被它铺天盖地的广告洗了脑，终于出现质的转变。

"抱歉抱歉。"大夫终于忙完了，他转过头来，长得有点像马季，一张充满喜感的脸，"说说看嘛。"他鼓励地望着三郎。

"不太好。"三郎不便马上离开，只好含糊其词。本来他幻想碰到一个极有职业尊严的大夫，可以坦荡地交流一下医学问题。

"当然不好。太好你就去东莞了，怎么会到我这里来呢？问题是怎么不好法？早泄还是不举？所以啊——"他没有说下去，耸了耸肩膀。总之他说话做事，包括他的长相都像开玩笑一样。

谁的痛苦在别人眼里都是一个笑话。

三郎的婚姻，开始是黄金档的正剧，后来以惊悚恐怖片收场，令人始料不及。他跟苞苞是相亲认识的，父母之命，媒妁之言。双方的家境、背景、财力都还匹配，小两口也是郎才女貌，两家人体体面面沟通顺畅。于是在四季酒店宴开20席举行了隆重的婚礼。

照理说这本不是内向的人喜欢做的事，三郎的意见就是去一下马尔代夫，躲开这种雷同的表演。但女方的家长不同意，风光嫁女关系到颜面的问题，对于中国人来说从来都是重中之重。另外就是三郎的母亲坚持大办，她张罗这些事累得开心，三郎的处事原则就是凡事要让母亲开心。直到婚礼现场，三郎还一直看着笑逐颜开的母亲。三郎工作室的成品推手朱易优曾经俯首低语，注意你的表现，今天不是娶你母亲吧？

医生开始讲男性生殖泌尿系统是一个装置极其精密的器官。这些还用他说吗？三郎都百度过。

苞苞皮肤白皙，身材娇小玲珑，照理说也是个美人。如果光溜溜地躺在身边，正常男人应该都会有所反应吧？本来三郎认为按照正常人那样过日子是没有问题的。可是不知为什么，一开始他的身体就没有任何动静。以为诸事繁乱累的，苞苞也好生安慰。结果一直不行下去，苞苞也有点无精打采起来。

三郎的反应没有想象中那么焦躁，也许是苞苞的父母太俗气了，一直开口要这要那，永远都能想出想要的东西。直到婚礼当天收份子钱还是严防死守,生怕三郎的朋友把红包交到三郎母亲的手上。三郎看在眼里,心里只有冷笑。

不过病还是要看的,每个男人心里都住着一个西门大官人。

"你们家有日本人吗?"医生突然问了一个专业以外的话。

"没有。"

"那怎么起这个名字?"

"我爸起的。"

"希望你成为拼命三郎吗?"

是的,他认为我一定会有出息。三郎没有说出来,定睛看着医生,眼光有些凌厉,明确表示不想谈这个话题。医生也没有问家族史什么的,只是东拉西扯问一些住在哪里开车来没有这一类的话题。

火力侦察。

在一楼的计价处,这些单据打出来的药费共计1.8万元,有口服、外涂和静脉吊针。三郎的嘴角上扬了一下,把单据揉成一团后扔进垃圾箱。再想一想刚才医生的样子,感觉他满身铠甲坐在诊疗室里开药方,背着两把交叉而立的青龙偃月刀。

终于可以离开这个地方了。三郎暗自吁了口气。

从门诊大楼到医院门口还有100多米的距离，大楼修得像个没有节制的胖子，肚子部分就是门诊大厅，俗称"土肥圆"。花园里的树木倒是修剪得有形有款，错落有致，青翠欲滴，像一个傻帽刚从理发店里走出来。然而三郎无暇多想，只是快步地向医院大门外走去。跟来的时候一样，他微低着头，惴惴不安怕遇到熟人。反正只要离开这里就永不回头，没有理由会碰到鬼。

男科医院门外就是打横一条车水马龙的主干道，高分贝的噪音已经不绝于耳。这时三郎感觉有人拍他的肩膀。

他愣了一下才转过头来。

是小叔叔柳森，一脸惊讶地看着他。"看着像，还真的是你。"他说。

三郎感觉脑袋在飞速空转，想不出一条合适的理由说明自己为什么会在这里出现。然而不等他说话，柳森用眼神示意他跟着走。之后柳森自顾自地在前面走，头都没回。

三郎只能紧随其后。

临街有一间清吧，是自助服务。三郎去买了两杯拿铁，端着托盘看见小叔叔已经在角落位坐了下来，神色严峻。

三郎刚一坐下，小叔叔的宽脸就逼到近处，声音不大却咬牙切齿："三郎啊，你怎么能得性病呢？"

又说："没女人也不能胡来。""你这样对得起谁？对得起你爸吗？"

三郎心想，为何那个喜感大夫一眼就知道我是不举呢？应该也有两把刷子吧？都不治病那"土肥圆"是怎么建起来的呢？

"是尖锐湿疣吗？"柳森叔叔还在追问，又翻他的包，"怎么没有药？就知道你面子薄，开不了口。"他拿出自己包里的药放进三郎的包里，"都要吃先锋。"他对他这样解释。

镇定下来之后，柳森叔叔开始自我解围："我就算了，你也知道我就好这一口。可是你不行，你的前途不可限量，我还指着你过好日子呢。"

三郎开始放心地喝咖啡。

的确，从年轻的时候开始，柳森叔叔就色瘾不断。如同有些遗传病经常犯，怎么治都断不了根。奇怪的是这一习性并不妨碍他有情有义，比如他对小婶婶，工资上交，任其乱骂，家里的脏活重活抢着干，星期天带孩子上动物园陪小婶婶逛街也都任劳任怨，还鼓励抠门的小婶婶买贵的东西，说贵东西穿得用得久。他跟单位的会计好，东窗事发女会计就像算账一样都归在他头上，他一句都没反驳，挨了个处分。和小保姆有一腿，被小婶婶发现把小保姆赶回乡下，小保姆还写信跟他要钱顶下一个小卖部。他汇了钱又忘记毁尸灭迹，被小婶婶拿到汇款凭证追杀他。这样差不多闹了一辈子,小婶婶也只是没收了他的工资卡。但当时小叔叔在民政局负责复员或转业军人的安置工作,是个肥差,断不了红袖添香。时至今日,比起用公款养情妇的官员,这点爱好就连小瑕疵都算不上。三郎就听到小叔叔的手机里总有一把女人的豆沙喉说:"你有没有挂住我啊?"据说是一个开糖水铺的女人。还是挡不住他流连欢场,否则不至于得性病吧。

父亲一直看不上小叔叔,一提到他就如坐愁城,满脑门官司。见到他就是训斥,有一次长达两个小时。曾几何时,三郎对小叔叔也有所鄙夷,抬着下巴跟他说话。可是好人有什么用呢?

只有烂人才能救命。

幸亏有柳森叔叔的资助,三郎才读完了理工大学。

"不要让你妈妈知道,不然她会怎么想?"分手的时候,柳森这样叮嘱三郎,还拍了拍他的肩膀。

"嗯。"

傍晚,三郎去母亲那里吃饭。

不仅因为是周末,平日里也会时常回去。他曾希望母亲搬到珠江新城来住,但母亲总是婉拒。她目前还是住在老城区,那一片叫作教员新村,位置是在越秀山脉的西侧,陈旧的红砖平顶楼房,没有电梯。不过附近的店铺林立,生活起来还是很方便的。

这是父亲当年分到的房子。他是一间中学的校长。三郎12岁的时候，父亲因病故去。在这之前，三郎有一个灿烂的童年，似乎一切都顺风顺水，主要是父亲对他毫无要求，只是说你要多看一些经典名著。

三郎至今记得，在父亲小小的书房里，仅有的一扇窗户永远敞开着，因为窗外就是越秀山脉稀疏的绿树，偶尔还能听到越秀公园游客的嬉戏声。父亲是个教育家，他性情温和，是因为正直才对柳森叔叔不满，恨铁不成钢。对于三郎则是寄予厚望，是真正的素质教育。成绩，其实没有那么重要。父亲这样对他说，你要能够找到你自己，才是独一无二的。他们还讨论政治和时事，父亲还总是问他的观点。

他才多大？能有什么自己的观点？母亲当时这样说。父亲就会微笑地说一句，我们三郎是最棒的。

父亲的教育是，只摆事实，不讲道理。

父亲的教育是发自内心的平静和自内而外的两袖清风之感。

但是他的工作繁累，走出家门也还是有压力的。然而他不说，也没有人知道他的繁累和压力有多大。他得的是肝癌，从发现到住院，3个月就走了。

也许是父亲的气息尚未散尽，每当内心烦闷的时候，三郎都会到母亲这边来坐一坐。说来奇怪，同样都是一个人居住，三郎住的是高级公寓，偶尔会感觉犹如烟火置顶，有一种说不出的灼热感。只有见到母亲，他才能平静下来。

一如过往，母亲见他进屋，端出饭菜。不会特别准备什么，盐水菜心，蒸一碟马蹄咸鱼肉饼，还有一个豆腐。就是这样。

当然会有一个老火汤，今天是西洋菜煲生鱼。

甚至也不说什么话。

电视机开着，都是电视里在说。

三郎知道，对于他和苞苞的离婚，母亲受到极大的打击。但是她什么也没说，不问也不责怪，只接受结果。

"妈，你快过生日了，"三郎说道，"我想给你做一件衣服。"

"这样啊。"母亲笑了。

她不可能不笑，因为母亲就是一个裁缝。从小，三郎就看见母亲脖子上挂着一条软尺，就像其他女人的项链一样。

自父亲走后，三郎都是在缝纫机脚踏板类似小马达的声音中入睡。

以前，母亲只是正常地做衣服，她还在服装研究所工作过，可见有过成为设计师的梦想。但是要以做衣服为生，这种梦想必须破灭。

父亲是大哥，4个弟弟妹妹中，也只有父亲最看不上眼的小叔叔成为他们孤儿寡母的庇护人。其他的亲戚都渐行渐远，很快就没有了来往。

三郎现在也是裁缝，往好里说是时装设计师。不太有名，但还是蛮有钱的。比起盛名但是缺少银两的人，目前的状况更合适三郎的性格。

他起身给母亲量尺寸，袖长、领口、腰身等一项一项记在纸上。这让他想起小时候，他跟着母亲到顾客家里去量尺寸，顾客一家大小都被喊到母亲跟前。母亲拉下脖子上的软尺，一边量一边报出尺寸，三郎便将那些数字记下来。那时候他习惯紧跟母亲，买菜、做饭、到顾客家里去，只要是放学在家母亲必须在视野之内，生怕一不留意，母亲也走掉了。

小小的内心充满了恐惧。

甚至有过不再去上学的念头，但被母亲锋利的眼神制止了。

一旦精确地量尺寸，才能感觉到母亲的清瘦，含胸，后背微弯，个子也明显矮了不少。

近距离看到白色的鬓发，脸上细密的皱纹，胳膊上没有张力的塌陷的皮肤，手上暴起的青筋和寿斑，她才多大年纪啊，即使熟悉如母亲也还是惊心动魄的。曾有一瞬间，三郎很有抱住母亲痛哭一场的冲动。当然他没有。

一切都平静如水。

在父亲的葬礼上也是如此,他很想抱住沉沉睡去的父亲,想亲吻一下做最后的道别。当然他没有。甚至也没有哭。

之后,好像是太阳落山的时候,借着暮色,他一个人在公园围着北秀湖疯跑,一圈又一圈不知跑了多久,只记得眼泪不是刷刷刷地往下落,而是从两侧横着飞了起来。

3

如果不是见到这个女人,周槐序并不相信一见钟情。

除了精悍俊朗的外表,家世,是现代人的另一副容颜。如果有一个大款爸爸,儿子们没有不张狂的。狗屎一样的组合,得到的是黄金一般的仰慕。小周不是,小周的家世是非常体面的富贵。父亲是一个眼科专家,母亲是一个歌唱演员,才华和才华,儒雅和美丽在一起的组合也是可以相当富有的。这是一个现实,却又是一个秘密。

私营医院请父亲做一台手术的费用,也不会比演员走红毯少吧。

都是别人对他一见钟情。

8台跑步机上全部有人占着,从背后看这些奔跑的人,身材还都健美匀称。偶尔见到一个胖子,通常一周之内就会消失。意志这个东西还真不是想有就可以有的,向这些背影保持敬意吧。

小周所住小区的马路对面,有一家正宗专业的健身会所。标准就是所有设施和场地都还朴素适中,面对跑步机的是整面的落地玻璃窗,窗外是宽阔的庭院,绿色的灌木中有一个标准的长方形游泳池,池边是成片的耐水木平台,四周散落着深玫红色的遮阳伞和白色的躺椅。

音乐就差一点,不是《向前冲》就是《爱天爱地》,听得人想吐。

小周找到与跑步机并排而立的"云中漫步",手脚并用地划拉起来。反正要热身20分钟才可以做增肌训练。

这时他的私人教练小赵笑嘻嘻地走过来,赵教练是那种师奶们尤其喜欢的英俊暖男,倒三角的身材,两臂是饱满的腱子肉,运动装和运动鞋什么时候看都是一尘不染。

"最近好像没有那么忙了吧?"赵教练说。

"嗯。"

"一会上课吗?"

"当然。"

"那你热身吧,我去把你的训练表格拿过来。"赵教练转身离去。

小周心想,连赵教练都能感觉出他来健身会所有些勤了,以前他一个月也就来个一次两次,他又不想当肌肉男,而且忙,通常是在雕塑公园夜跑,10公里下来,汗出得像从水里捞出来一样,有一种酣畅的快感。

坚持健身绝对不是为了更帅,而是对职业尊严的守护。像发糕一样怎么追得上犯罪嫌疑人?

然而就在两个月前,那是一个星期天的下午,天色阴沉,有零星小雨,这种天气户外干什么都不方便,小周来到健身会所。

可能是因为下雨,那天人不多,一排跑步机只有两个人在用。

小周把白毛巾搭在脖子上,开始枯燥的跑步,自然而然望着玻璃落地窗外。只见游泳池的左侧,搭着一个临时但还标准讲究的弓道场,唯一的一个女学员,上身穿一件棉布和服领的白衣,下身是及踝的黑色折裙。手上的弓有两米多高,黑箭笔直,屁股上有3根羽毛。女学员的右手戴着护指护腕的护手袋,箭上弦后,只见她以两只手分别把搭好位置的弓与箭高举过头,然后缓缓地一手托弓,一手拉箭,直至把弓箭拉到自己的视线水平。

就是这个女人,当时就把小周惊着了。

她的头发一丝不乱全部向后束成马尾,神情因庄严肃穆而更显精致。上身微微前倾,襦袢式筒袖双双退下,露出柔软纤细的手臂。凝眸间的片刻,远观更似一幅水墨丹青。

那种遗世独立之美,令小周足足跑了50分钟都不觉得累。

赵教练走过来说,可以训练了,吃大餐了吗?有罪恶感吗?跑了这么久。

哦。小周惊醒。笑笑。

后面的训练活动,小周都尽可能掩饰自己语气里面的好奇心。

他说,原来你们会所还有弓道,以前好像没有。

赵教练透过玻璃窗望了一眼弓道场,示意那个瘦高个子的女教官从日本留学归来,要求在会所包课。小周这才发现的确还有一个女教官,对唯一的女学员有时说教有时比画。刚才他居然没有意识到她的存在。

赵教练道,刚开始还有8个人报名,现在就剩下这一个学员了,那些人交了钱,买了弓道衣,也不来了。

为什么?

非常的枯燥和乏味啊。一个基本动作要千百次地重复练习，直到"矩"的精确无误，其实是心的磨炼。

也是静功的一种吧。

嗯，属于安静的运动，没有对手，是自己跟自己较劲。通过强身健体来进行精神修行，提升自己的人格品位。说是这样说，可是谁做得到？我就一个女学员都没有，虽然带她们不费力，挣私教费容易，可是我嫌烦。她们根本不训练，几乎是找个陪聊。所以这个女的，我还蛮佩服她的。

话说到这个节点，小周极想顺势问问女孩的名字，在哪工作，话都到了嘴边还是咽了回去。男人之间也有敏感区域，或者开不了口的理由。现在想来是心里有鬼。

他开始做"TRX"训练，两脚被尼龙带吊在半空中，双手着地，但因为腰部没有半点依托像蛇身一样绵软无力。这个训练几乎是全身发力，尤其侧腰。几分钟，人就汗如雨下。

但其实小周平时很少做这套训练，难道要扮演007吗？就算隐瞒心意有必要做成这样吗？

然而回到家之后，这个年轻女子的身影挥之不去。她习射的动作总是在脑海里徘徊，动作沉稳，节奏清晰。

周槐序至今没有女朋友，以他的条件，都说他是挑花了眼。也只有他自己知道不是那么回事。目前社会上最受欢迎的两种女人，对他来说都是超免疫。一种锥子下巴配两个铃铛眼的萌萝莉,另一种前凸后翘风情万种的性感女郎,他都毫无感觉,一点兴趣都没有。唯有全神贯注,神清气定专心于一件事的女人,会让他产生追随的敬重和情欲。

只有男人明白,冲动是怎么一回事。

所以在那次惊鸿一瞥之后,小周到健身会所来的次数明显增加。

只是在游泳池畔看到与游泳不相干的活动,两次朋友聚会,一次生日聚会。白天水池绿树,晚上烛光水色,都还颇有情调。唯独那个弓道场再也没有重现过。今天也是一样,游泳场一个人也没有,异常安静。

走了20多分钟的"云中漫步",小周开始根据赵教练的示范做引体向上。心里暗自下决心,待会儿必须开口问问到底什么时间开弓道课,不可能所有的时间段都撞不上。

经过委婉的东拉西扯,赵教练说,会所开设每一个项目的原则是3个学员以上才开课,跆拳道、肚皮舞、瑜伽、民族舞等全部一视同仁。于是弓道课的老师、学员只好一块撤离,合并到其他会所去了。

具体的去处,赵教练也不太清楚。

这个结果不仅令小周非常失望,可以说实在有些沮丧。

看来一见钟情还真不是空穴来风啊。

晚上有一个聚餐，是跟警校的同学吃火锅。班长马达喜欢张罗，仿佛一日班长终身班长，大家也就助兴在一起热闹热闹。

周槐序在会所洗了澡，少有地，他的白色蓝边的健身提包里，一早起来就放进了行头，看上去是普通的休闲装，米色配深灰，但因为纯棉的质地好，筋道，越旧越立得住，不会软绵绵地趴在身上。这个牌子是小众中的小众，品牌名称叫作"死人杰克"，没有实体店，只能在网上购买。长处是没有什么设计感，柔软，还有就是对穿它的人有要求，如果体格健美，乘十乘百的舒服、顺眼。反过来说，你差劲它就什么都不是。缺点是小贵。

作为时尚青年，小周从来不喜欢满身"搂够"的大品牌，上次抓两个坏人，全是爱马仕金扣的皮带，又假又碍眼。

不过不是一律不喜欢大牌，手表就是绿表盘的水鬼。

所以从盥洗室出来，小周焕然一新，头上还抹了点发胶，清新俊朗，脚上是一双黑白回力球鞋，属于武中有文的混搭品位。

好吧，的确是以为今天或许会有艳遇。

离开的时候，小周锲而不舍地扫了一眼游泳池畔，有一群孩子跟着游泳教练在水里扑腾。他想见到的场景似乎从来没有发生过。

　　火锅店的名称叫作四方九格，是重庆风味的，也比较好找。

　　周槐序到达包房的时候，同学们大致聚齐，都在互相热情地打招呼。因为是穿便衣，感觉还是制服比较有说服力，否则就变得高矮不齐胖瘦不等，还不止一个人穿假名牌，放眼望去，情调是一塌糊涂。不过彼此之间的感情还是一如既往的好，大伙说话还是嘻嘻哈哈口无遮拦。

　　班长马达最后一个赶到，他群发通知的时候说要一醉方休，所以谁都不许开车过来。结果只有他一个人是开车来的，可以理解，赶时间嘛。

　　他带了两瓶"闷倒驴"。

　　大伙开怀畅饮。酒过三巡，加上正方形的多格锅底，除了一个格子免辣涮菜用的，其他均是从微辣到劲辣，可以涮的牛羊肉海鲜之类五花八门，所以聚餐很快就进入了高潮，有激动的，有发牢骚的，有伤心落泪的，有滔滔不绝的，马达的毛病是喝多了就近抄椅子，人瘦得像吸毒人员，力气却大得惊人。也只有坐在他身边的小周能够抱紧他。想当年在警校擒拿散打的专业课，期末考试实战对打，挡不住大伙同室操戈，相煎凶残，不见红哪来的好成绩？小周和班长打红了眼，眼冒金星，鼻血飞溅，班里也只有他们两个人90分。

情感肯定是一个话题，有人说小周需要私人订制，有人笑话他"也只有小周还相信爱情"。马达说你们懂个屁，也只有我们小周配相信爱情，就像我们没有青春只有岁月一样，相亲也只能谈条件。只有我们小周，任何一个物质女孩在他面前都会清纯可人，没有婚戒也想嫁他。他不相信爱情还有谁配相信爱情？周槐序笑，反正每次他们都会这么说。

只是马达心里不痛快，他的第一任女朋友，因为12万的见面礼金，被准丈母娘生拆了，还到处说马达不配她的女儿，令马达没面子。

照理说，礼金也就是行价，并没有多要，据说随后也都会花在小两口的身上。属于正常的民间习俗。可是公序良俗也要命，马达没有12万，又不肯去借。然而说得出来的理由是抄椅子。

你想干什么？你想敲死我吗？你是警察还是流氓？你一直都有暴力倾向吗？总之在准丈母娘的厉声呵斥下，什么花好月圆都没有了。两个人山盟海誓地分手，都说彼此在心里扎了根，永不相忘。有什么用啊，小周的爱情观里没有这种深灰色，要么深爱，要么路人。

马达现在已经结婚了，跟一个各方面都平庸的女孩子。女方家曾住在城中村，属于当年的郊县菜农，国家征地补了不少钱，所以日子过得相当殷实。

不知为何，小周的脑海里居然飘过那个练习弓道的女子。

却又没有什么现实感，如梦似幻，仿佛有人在他的生活里轻轻吐了一口烟雾，造成迷离的效果。

他突然有些落寞。麻辣火锅浓重的味道，在空气中积累、飘散直至饱和，嘈杂的声浪喧嚣起伏、不绝于耳。然而，热火朝天一瞬间对他不起作用了，似乎那些人都不存在，只是一些欢快绚丽的影像在四处翻飞。

他远远地看见他一个人守着一口大锅狂涮。

片刻，他又变成了一杯闲置的清茶，没有人要喝。

或者是失物招领处落满尘土的旧皮夹。总之他以前从来没有这种感觉，一直是明亮，阳光，元气满满的。

人有心事，就像破案找不到思路。

散场之后，大伙匆匆道别。周槐序扶着深醉的马达下楼梯，这时他抬起手腕看了看水鬼，将近晚上12点钟了。

夜幕浓重。街道上仍旧车水马龙。

饭店的门口有一个女孩子背对着他们站着，穿灰蓝色百伦运动鞋，洗得发白的破洞牛仔裤，淡粉色的棉衬衫松松垮垮地塞进裤腰里，衣袖高挽露出纤细的手臂，头发随便低束在脑后。白色的耳机线令人联想到她可能在专注地听音乐，又有一点点特工上身的味道。

女孩转过头来,小周当场就惊着了。

他感觉虎躯一震。

"是你们叫的代驾吗?"女孩见到两人的模样,迅速摘掉一侧的耳机,微笑着柔声说道,还报了一串车牌号。

周槐序不知所措,嗯啊一番显得茫然愚笨。

他也喝了酒,但仅两三杯而已。女孩又重复了一遍刚才说过的话。

没错,就是那个练习弓道的女孩。他太记得她瘦削的脸颊和刀锋一样挺直的鼻梁。而且她休闲的素颜让人有惊喜,清薄干净,眼睛就更显得碧水深潭。也许是因为大喜过望,小周感觉比喝了酒还要眩晕,脑部缺氧,有窒息感。一时间更不知道说点什么。

马达的车是一辆悦达起亚,女孩熟练地开车,小周负责指路。

幸亏马达住在市郊,这样车可以开得远一点,久一点。并且目前马达是昏死状态,也不可能搅局。可是小周就是不知道说点什么,而女孩也是个少话的人,只专注地开车。

不过小周的内心还是礼花频频,称心如意的感觉真好,如果他穿着一身运动服就过来了,再如果他也喝得不省人事,或者他没有坚持送马达……总之一切都恰到好处。顺便，他也想到了几个自然场景，他和女孩停好车，把马达交到他老婆手上。之后两个人一块去搭地铁，地铁本身就是许多故事发生的地方。再如，两个人都想走一走，边走边聊也很不错。

如果住的大方向背道而驰，小周想好务必说自己跟女孩同一个方向。这次绝不能让她溜走了。

没有人说话，显得车轮沙沙作响。

小周嘴角上扬地望着窗外，少言，安静，也是他喜欢她的原因之一。夜晚原来可以这样温柔。

4

柳三郎的设计工作室在耀中大厦的23楼，轻奢风格，一侧是体育中心，这样避免了鳞次栉比的林立楼群恐惧症。窗外相对空旷，俯瞰是绿色的草坪。工作室的陈设简洁，基本是黑白灰的基调，没有其他色彩。

除了一张与乒乓球台大小相近的硬木桌子之外，其他的书架、文件柜、窗棂等处都挂着木制衣架，上面是成衣或者半成品，下面是裤子，还有鞋。不同的崭新精致的鞋子永远都在高高摞起的书堆上。有些衣领上还挂着墨镜或饰物,鞋子旁边有不同的箱包,总之搭配得当,独具整体感。又仿佛总有一个人准备出发或者刚刚归来。

门口的标识是一张黑桃J,扑克人闭着眼睛。

感恩。

三郎一直这样告诫自己。他的同行们如今还都在红砖厂、东方红等创意园苦苦挣扎呢,就因为那些远离市中心的地方房租便宜。而他,也曾在那里打拼。只不过他凡事不强出头,默默坚持自己的主张。

首先他是一个本土设计师,从未有过远赴重洋欧洲求学的经历。不过他追随山本耀司,赞成他的酷毙风格。对面料执着地讲究。母亲也曾经说过,好菜是吃食材,好衣服是穿面料。三郎寻找面料非常挑剔,像普洱茶一样必须陈年。经年的棉布如同山本所说,是有生命力的,放上一两年,经历自然收缩后,日见生长、成熟,呈现出深藏不露的美丽。其次就是技术上有挑战性细节,在最不起眼的地方精工细作,然而整体无设计,设计师就像不存在一样消失在细节里,哪怕是一粒扣子,或者一个褶皱,必须亲密而体贴。

这也是他对自己的期望,在他制作的衣服上看不见时间、价格和对手。

在流花国际服装节上,三郎也坚持不用模特,或者说也没钱吧，就电召那些买过他们服装的普通人，直接走T台。反正他的衣服只做到中号，能穿的粉丝应该身材都不差。

他还是蛮幸运的，有风投公司独具慧眼，认为他有走出国际范儿的潜力。

眼下，三郎端坐在电脑前工作，他的工作台就是"球台"的一隅，不再有另外的桌子，他一直喜欢大而无当的工作台面。

朱易优则坐在同边的球台上，两条腿因悬空而摇摇晃晃。

"不以盈利为唯一目标，我当然同意，也是别人没法取代的特色。但也不能以赔本为目的吧。"朱易优说道。

"我们赔本了吗？没饭吃了吗？"

"可是她是豪客啊，又兼时尚杂志的艺术总监。"

"那又怎样？"

"网开一面啊，难道把所有的路都堵死吗？"

朱易优提到的女豪客，非常喜欢三郎做的衣服。但是三郎的品牌成衣，全部只做到中号，没有大号，加大更是天方夜谭。朱易优作为营销推手当然要跟方方面面的人打交道，而且市场这个东西，有残酷的另一面，叫好不叫座的东西多了去了。多一个有能量的脑残粉不能说不重要吧。

但是三郎不肯破例。"好的品牌是对客人有要求的，"他这样解释自己的坚持,"她完全可以减肥,这样才可能把喜欢的衣服穿得漂亮。这有什么不对吗?"并且,三郎还真不是针对哪个人,他亲眼所见的一个还不错的品牌,居然答应顾客做出4个加的大号成衣。"你认为这衣服还能看吗?"很快这个同行辛苦打造的品牌就消亡了。

三郎很害怕经受这种惨痛的教训,再说坚持,曾经让他尝到甜头。

然而对方也是坚持的人,她手上不但有一本时尚杂志,还有一个会员制的高级会所。她提出可以让会所的工作人员全部穿三郎品牌的制服,这是什么含金量的订单?朱易优没法淡定。

"拜托,制服?"三郎用鼻子哼了一声。这个肥女人有什么时尚水准?主动制造撞衫现场?

朱易优当然知道三郎在想什么,冷眼相对。

这一眼意味深长,好吧,市场最需要的不就是傻子吗?朱易优熟悉三郎的不妥协,但也不能让他觉得一切都那么理所当然。三郎明白他的意思,所有的品位其实都是商品,设计师千万不要以艺术家自居。

三郎嘴角上扬似笑非笑:"你还是考虑给大号女顾客找一家靠谱的减肥中心吧。玛花?必瘦站?"

"你知道的还真多。"

"那个人很难缠吧?"

"你有多讨厌,那个人就有多讨厌。"朱易优没好气地回道。

不过两个人还是会心一笑。

三郎和朱易优是高中的同学,严格说,朱易优也是单亲家庭,他父母离异后,父亲又给他找了个后妈,后妈对他还可以。但这并不妨碍朱易优性格谦让平和,幼年时就懂得察言观色,做事情也是身段放得最低的那个人。虽然两个人性格迥异,但是形成互补也颇为合拍。最困难的时候,两个人在红砖厂的一间简陋的厂房里,自己粉刷工作室,深夜席地而睡,盖着厚厚的报纸。

那时候吃了多少泡面和包子?

据说泡面都比包子有营养,怎么有人会做这么无聊的研究?

这时有人敲响了工作室的门。

朱易优跳下球台去开门,进来的两个男人都穿着警察制服,令朱易优颇感意外。这两个人分别是老曹和小周,三郎认识他们。只是仅有的几次见面都是在警局,他们突然到工作室造访还是头一次。

这两位的出场是典型的老少配,枯黄嫩绿,刚柔相济。

老曹是那种不叫的狗,眼神犀利但又猜不透他在想什么。这个人总是故作漫不经心,第一次见到他时,他手里卷着一本《科学之谜》杂志,这不是儿童科普读物吗?

那个小周毫无城府,倒是可以忽略不计。

三郎站了起来,双方微笑地打招呼。朱易优见他们互相认识也松了口气,为两位客人泡好茶之后,就知趣地到另一个房间去了。

三郎并不知道这两个人专程跑来的用意,尤其是他昨晚在雕塑公园夜跑,还碰上了小周,两个人都跑得大汗淋漓,还搭讪了几句。小周什么都没有说,也没有问,今天却一本正经地出现在工作室。

谈话其实相当轻松,老曹就是问三郎有没有端木哲的消息,还有就是苞苞的消息。三郎一律回说没有。也的确是没有。

其间,小周一直在环视工作室里的陈设与环境。

黑色的水晶吊灯和整整一面墙的设计图纸对于时尚感十足的小周来说,仍旧有被瞬间征服的威慑力。这从他微张的嘴巴可以看出来。其实三郎见过小周穿他设计的衣服。

终于,小周忍不住指着黑桃J说:"是死人杰克吗?"见三郎点头,小周有点兴奋道:"衣服的里面都有这个标识呢。"他指的是闭眼睛的扑克脸。

老曹背着手四周巡视,信手翻看了挂在衣服纽扣上的价格牌,有点吃惊的表情。小周没头没脑地说道:"好品牌是骄傲的,连用户都是骄傲的。"老曹横了他一眼,哼了哼鼻子:"问你了吗?"

小周尴尬地笑了笑,还挠了挠脑袋。

两个人坐下来后,老曹仔细品茶:"嗯,不错,金山时雨。"

我靠,他怎么什么都知道?这种安徽茶应该是小众茶吧。三郎在心里骂了一句,他其实没有原因地非常不喜欢老曹,阴森森的一个人,似乎每句话都是陷阱,让人防不胜防。

果然,他不经意道:"听说端木哲和苞苞并没有在一起呢。"

"怎么会?!"三郎的眉毛挑了起来,难以相信的神情。

接下来是好一阵莫名的沉默,三郎以为老曹会接着说下去,但是老曹并没有说话,好像在等待三郎会说点什么。

我该说的都重复无数次了。三郎这样想着,目光露出明确的漠然。

两年前,三郎发现了新婚半年的妻子苞苞在跟端木哲幽会。

那天苞苞在洗手间打电话,门虚掩着,刚好三郎路过,听见苞苞压低嗓音说，讨厌。讨厌是个语气词，如果女孩子柔软娇羞地说，什么意思不言而喻。后来苞苞进了衣帽间，手机随手放在客厅的茶几上。三郎回拨过去，是一个既熟悉又陌生的男声，又怎么了？宝贝儿，等不及了吗？

三郎挂断电话，这才看了一眼来电显示，通讯录上只一个字"哲"，自然是端木哲无疑。

端木哲是苞苞的前男友，是个凤凰男。以苞苞父母嫌贫爱富的本性，根本不可能答应这门婚事，百般抗争而仍无结果的苍茫时刻，端木哲主动打电话给三郎希望见一面。

两个人约在丽兹酒店的咖啡厅，空气中弥漫着复调的玫瑰加野甘菊的香气，耳边环绕着莫扎特的钢琴协奏曲《秋日私语》，五星级酒店的茶具总有一种装腔作势的洁净高雅。

三郎点了水果红茶。

端木哲来得稍迟一些，一眼看上去，他还真不像农家子弟，虽然是休闲的打扮，但是颜色的搭配恰到好处。他是一位化学老师，聪明和知识的熏陶令他变成去掉憨厚气息的闰土。看来他很重视这次见面，神情稍稍有些凝重，但又不想在气势上输给对手，便努力做出不在乎的样子。

我就直说吧。他这样说。显现内心的自信和力量。

三郎定定地望着他。

端木哲讲了他与苞苞的相识相恋直至如胶似漆，重点在于他们已经同居了一年又八个月。这种事情哪个男人听了都不那么好受。

他的目的很明确,希望柳三郎悔婚。一切就变得简单了。

三郎平静地听着端木哲的述说,像是在听跟自己毫不相干的故事。直到端木哲讲完,三郎仍旧安详地看着他。

讲完了?

这种平静显然超出了端木哲的生活经验,他下意识地点了点头。

那就埋单吧。三郎扬手示意了一下服务生,并且掏出一张银行卡放在精雕细琢的花梨木餐桌上。

令他印象深刻的是,一丝狠毒的怨恨之光在端木哲的眼中闪过。

发现他们又搞在一起,三郎没有想象中那么愤怒。毕竟,只结婚而不圆房是对女人的一种精神摧残,令她们自愧性别模糊,欠缺吸引力。苞苞就穿过性感内衣,满身蕾丝却又三点毕露。在昏暗朦胧的灯光里,他也努力把她想象成自己喜欢过的人,但是身体不配合,始终是休眠状态。

三郎也想过离婚,这对他来说算不上特别痛苦。

不过苞苞虽然物质,并不是没有优点,她的天性活泼善良,遇事也不会纠缠不清,而且她非常孝顺,对待老人是无条件的周到体贴。结婚之后,每次回家去探望三郎的母亲,她都能待在厨房里跟老人聊两三个小时,叽叽咕咕还常有笑声溜出来四处回荡。每当此时,三郎都对苞苞心存感激。

离婚对母亲的打击肯定会更大。

再说离婚也要有所准备,脑门一热的结果可能是无法穷尽的收尾、善后等事宜,心思缜密如三郎,他当时就想到如果苞苞不承认红杏出墙,那么分财产就变成了一件麻烦事。

他决定此事按下不表。

但是在客厅和卧室,他都安装了隐蔽的针孔摄像头,只要拍到这两个人在家中幽会的画面,就什么都不用解释了。

渐渐地,他出差的次数增多,潜意识里是给他们创造机会。有时是真的出差,有时则是假借出差其实住在工作室里。当然他也去看过正规的中医院,那些昂贵且神秘的小药丸对他没有半点功效。

然而端木哲最终出事,并不是被三郎拍到了艳照。

那一次三郎"隆重"地出行,漂洋过海去观摩伦敦时装周,那里有众多独立设计师引领的前卫、实验的品牌,又独具充满活力和创意的极致魅力,相比起纽约、米兰和巴黎等地时装周的过度商品化,还是最老牌的资本主义者更懂得天马行空和优雅清新并不矛盾。

他发出大量的现场图片,也包括景点和美食。

归来之后,并无斩获。每次查看录像都是既忧心又失望,干净的画面就跟洁本的《金瓶梅》一样。

也许是受了刺激,端木哲太想挣到钱了。他利用自己的化学知识,在网上购买药粉、原料、合成剂等,经过周密调制做成一款减肥胶囊,取名叫作绿色闪电,简称"绿闪",意思是绿色减肥瘦成一道闪电。一系列的包装和营销之后,他把这些成本低廉的胶囊批发到各地的减肥网站,由那些人卖药。价格奇高却还受到热捧。

怪不得他根本不屑跑到三郎的家里来,而是在外面租了个小公寓,从此告别学校的集体宿舍,在那里一边制造假药一边密会女友。

然而,梦到好时容易醒。浙江某高校的一位 21 岁的女大学生,由于服用了"绿闪"意外死亡,尸体解剖查出胃容物里含有氟西汀,这是一种抗抑郁症的药,有明显抑制食欲的作用,谁都知道减肥的要素就是和旺盛的食欲做斗争。但就是因为氟西汀对身体的毒性大,会造成全身器官衰竭,所以国家明文禁止将它加入减肥药之中。但是"绿闪"里面氟西汀的含量惊人,服用者也瘦得飞快,自然卖药的网站频繁进货。后来死了人,也纷纷剑指,经过警方查明,"绿闪"就是端木哲一个人,一间房,一台电脑,配制后贩卖。这一结论在他租住的小公寓内被勘查和证实,却没有抓到人。

端木哲人间蒸发。

同时消失的还有苞苞。

在调查这两个人的社会关系时,三郎被请进警局协助调查。他表示知道他们过去的关系,但并不知道苞苞婚后仍与端木哲有染,当然也不可能知道苞苞的去处。对于当众戴绿帽这件事,三郎显然感到大失脸面。所以他超出寻常的寡言,回答问题多是点头或者摇头,没有一句废话。

为了尽早抓到犯罪嫌疑人,也为了拯救广大嗜瘦成癖的文艺女青年,此案被拍成电视节目播放,并悬赏提供重要线索者。

热闹了好一阵子,各个方向的侦查思绪全部此路不通,折回原点。

警方初步判定,这一对野鸳鸯无论是私奔还是逃离,都已经浪迹天涯,其中端木哲这个人具备一定的反侦察能力。

整整两年零三个月,苞苞到哪里去了呢?又是怎么被警方翻出来的?

三郎当真有些好奇。

5

这是一个街内的酒吧,又是下午时分,所以相当冷清。

推门进去,最为醒目的是废置的旋转木马台,镶嵌镜面的圆顶还在,下面换了桌椅,但是飞奔姿态的小马都在,蛮抢风头的。

音响里放着一首经典的狐步舞曲,旋律摇曳虚渺,让人想到狡猾的舞步你退我进我进你退煞是湍急。只见小王先生独自坐在一张旧得发毛的皮沙发上喝啤酒。离他最远的吧台是旧红砖砌成的,分行挤满了奇形怪状的酒瓶。年轻的酒保坐在金属支架的高凳上看"爱疯"刷屏。

周槐序向小王走了过去。

老实说,小王打电话给他约见面,实在出人意料。

或者说简直令人愤怒。前一天的晚上,小周和神秘代驾顺利地把马达送到家,马达的老婆早早地就在楼下等候,小周把马达架下车来,这时他的手机响了,小周依稀记得女代驾从驾驶室跑出来帮忙扶人。于是小周接了这个电话,正是小王先生打来的。

总共说了三五句话。小周挂线之后,发现身边空无一人,马达的空车停在路边。小周上楼敲开马达的家,马达的老婆说代驾并没有上来,她付了钱之后代驾就走了。

下楼以后,小周在悦达起亚旁边发了一会儿怔。

随即拿出手机打给同学,问代驾的电话号码。

当时他极有冲动,必须找到这个神秘代驾,约她第二天晚上见面,随便找个地方把自己喝高不就好了。

同学说我发给你吧。

隔了两分钟,短信来了,是一个400开头的服务电话。

所以今天见到小王,小周还是在心里骂了一句妈蛋。之后他暗自做了一个深呼吸,和颜悦色地走了过去。真是内心戏够多。

虽然有些背光,但是小王颓废加劳累过度的神色还是令小周有点吃惊。老王的死亡原因查清之后,应该没有警察什么事了,但是无论老王的家属还是院方,都希望警方不要撤离得那么彻底。因为现在医患矛盾日益恶化,沟通不畅就会动手。有警察在场彼此更为安心。

然而短短几天时间,小王就已经被折磨得胡子拉碴,憔悴不堪,眼神显得格外浑浊无力。本来就不年轻的他一下子又老了10岁。

这也难怪,他们家四处找人,同时也请了律师,要跟医院打官司。院方感受到压力,最终让步到私下调解,医院付10万元人道赔偿。但是这个数目与小王的心理预期相差太远,所以老王仍旧没有火化。双方还得坐下来进一步商讨,小王先生变成这样也就不奇怪了。

小周坐了下来,点了一罐苏打水。

小王懒洋洋地抬起眼皮道:"我是没有力气了,就直接讲重点。"

这当然也是小周希望的,于是认真地看着小王。

"这么说吧,"小王挺了挺腰身,似乎要把自己调整得更舒服一些,"我终于想明白了,其实是我哥杀死了我爸。"

周槐序愣了一下,脑海里浮现出大王先生的模样,他们两兄弟长得还挺像,中间相隔4岁。大王不太爱说话,有点闷闷的,相比起来小王更灵活,样子也更讨喜一点。

小王说,本来家丑不可外扬,但现在也没办法了。主要是父亲死得蹊跷,令他深受打击。说到家里的状况,一直是大王在外面闯荡江湖、结婚生子,而小王则离了婚,陪着父母住。后来母亲的身体也不太好,家里的财政大权就交到小王手里,一切由小王支配。

最初的几年一切安好,看上去一片祥和。后来家里搬进了新房子,整层楼的面积就有200多平方米,地段是寸土寸金的天河商圈,父亲的工资补助也有所增加。大王的心理就开始不平衡，回家的次数也多了，又带母亲外出旅游什么的，母亲马上就说房子太大，不如让你哥也搬回家住吧？被小王坚决反对才没搞成，但却埋下了祸根。总之当大王发现不论父亲以什么方式活下去，他都沾不到半点光，自然一直怀恨在心。于是整天跟老刀在一起嘀嘀咕咕，肯定是他跟老刀策划了整件事。

小周心想，这不就是家庭矛盾吗？跟案子没有半毛钱关系。

当然他不能这么说，便道："当时你为什么事跟老刀吵了一架？"

小王沉默了片刻才道："这个人抠门，每一分钱都恨不得挤出水来，我明明给他发了当月的工资，他非说没有。好几大千交到他手上，空口白牙地说没有。这跟明火打劫有什么区别？仗着我们家离了他不行，现在穷人都变得很坏，我看他当时手上有刀非砍了我不行。"

小周也不好发表意见，只能不作声。

小王又呷了一口啤酒，把跷着的二郎腿交叉换了一个方向，涣散的眼神流露出老牌公子哥的一丝余韵，或者说就是落寞。

他说，这就是一根导火索，大王看准了时机，自掏腰包给老刀补上了那个月的工资。按正常人的想法，老刀是不是应该风平浪静地干下去？但是没有，他说辞职不干了。这不就是大王的授意嘛。

"这只是你的想法，不是证据。"小周听完述说，这样解释。

"你们只要抓住老刀，先打他两个耳光，一审，必定是这个结果。"

其实苍老的小王给小周留下的印象就是一个自说自话的人，这种人是没有临床症状的自闭者。

凌晨4点钟，会议室里云蒸霞蔚，几乎每个人都在冒烟。没办法，提神。例牌地，出完现场铁定开会，小现场小会，大现场大会。假币案当然是大现场，机器还是热的，上千万的百元大钞堆积如山，据称以每张三毛二分的价格出售，颇有市场。但警方赶到时这里已作鸟兽散，所以各个部门分别汇报、分析、探讨，然后领导布置下一步工作。

忍叔闭着眼睛养神。

散会之后，头儿又把小周和忍叔留了下来，问端木哲的陈案。

忍叔仍旧半闭着眼睛，小周汇报了案情：整整两年，有关端木哲和苞苞的踪影没有丁点线索。终于，技术部门传来消息，尘封已久的苞苞的银行账户有了动静，并没有取钱，而是一个查询余额的客服电话操作。经查，电话是由银川市区打出的，是一个公用电话。

小周和忍叔赶往银川，在当地警方的协助下，根据这条线索，查到了苞苞的行踪。她投奔了住在这边的一个同学，目前在一个小区内的幼儿园当老师。案发前苞苞就是幼师。她在小区内租了房子居住。

为了找到端木哲，小周和忍叔并没有惊动苞苞，而是日夜蹲守监控。但是将近一周都是苞苞独往独来。

只好把她带回广州协助调查。

问来问去，苞苞坚称两年前就没有跟端木哲一块逃离，他去了哪里她完全不知道。既然把自己说得这么无辜，为什么还要跑到那么远的地方藏匿起来？苞苞的解释是她也在躲端木哲，不想让他知道自己的下落。

为什么？

沉默。

长时间的沉默之后，苞苞说是她和端木哲之间的感情出了问题，她不想多说，也跟任何人没有关系。

最终只好放人。监视居住。

明知道去柳三郎的工作室不会有什么收获，但还是去了，果然是徒劳。但忍叔坚持这么做，他说办案的法宝就是不厌其烦，你永远不知道在下一个路口会遇到什么。

说了半天等于什么都没说。头儿板着脸坐着,微微侧目,表情就是这个意思。

"这个案子上升到督办,要查出端木哲的下落。目前外省发生的一起大案,有证据表明,端木哲做'绿闪'只是表面功夫,重点是他从感冒药里提取冰毒,然后通过秘密途径卖到外省去。"

头儿说到"冰毒"这两个字的时候,忍叔的眼睛睁开了。

头儿也见惯不怪,冲他们厌烦地挥了挥手。

出工作大楼时已是旭日东升,两个人先去芦姨的利群茶餐厅吃早饭。忍叔径自找到一处卡座坐下,小周去了收款台点了两个套餐,分别是粥粉和馄饨面。芦姨收款时不抬眼皮道:"日子过得好喧嚣哦。"

小周愣了一下:"什么意思?"

"夜生活啊。"

小周脸一沉,"夜你妹啊"差一点脱口而出。

不等他说出话来,芦姨懒洋洋道:"不要告诉我开了一晚上的会。"

小周也懒得解释,自己拿着托盘领取两份套餐。总之男人晚上不睡,在芦姨眼里都是去了夜总会。

要忍耐。出来混就是让人误解的。忍叔一直这样教导小周。

吃饭的时候，小周问道："一会回去看'大片'吗?"

"大片"是指监控录像带，苞苞说她最后跟端木哲约在一家建设银行的门口见面，但是她并没有赴约，而是自己去了长途汽车站离开了。有关端木哲最后出现的录像带他们反复看了多次，从家里出来之后上了出租车，但完全是那家建设银行相反的方向。也就是说端木哲同样没有赴约。

这都是什么情况啊。

"不，一会去大王的单位，看他怎么说。"忍叔说道。

小周嗯了一声。心里又觉得有些多余，小王约他的事告诉忍叔之后，他当时什么都没说，似乎并不重要。小周同感，毕竟是他们的家事，此案也只好搬个板凳备好瓜子看热闹了。这是小周的真实想法。

看似无用的走访和询问，忍叔比较坚持，而且一丝不苟。

每一个细微的发现，存在着上千种可能的原因。刑侦工作不是想当然的推理，只有多角度多层次地观察，线索才可能慢慢显露出来。

这是忍叔一贯的风格。

和小王先生完全不同的是，大王先生可以说是一位成功人士。他在一家大型国有企业做资金部的部长。到达他们公司之后,有秘书模样的人把忍叔和小周带进小型会客室,为他们倒好香茗。

不一会儿,大王先生就匆匆赶来了,穿着正装,彬彬有礼地打招呼。

待他坐定之后,忍叔先开口询问他对父亲事件最真实的想法。大王先生表示他是同意10万元的协调费的,并且都给妈妈和弟弟,他不参与分配,只是希望父亲尽快火化,入土为安。

关于家庭矛盾他只字不提,包括他跟老刀的关系他也不想解释。

最后他说,我父亲这辈子太不容易了,尤其是脑萎缩以后,对他其实是一种折磨,现在他走了,还要继续折磨他吗?

他说不下去了,微低着头,眼圈微红,看得出来他在竭力克制自己。

小周的鼻子有点酸酸的。

兄弟两人的品行立见高下。他想。

对于任何问题,大王先生的回答都是终结式的,绝不展开,直奔结果。所以谈话期间会有一些小冷场,直到忍叔和小周不得不客气地起身告辞。

重新回到大街上,两个人沿着骑楼往回走。

"你相信阴谋论吗?"小周问道。

"当然不信。"

小周没有接话,只是看了忍叔一眼,意思是有必要跑这一趟吗?

忍叔道:"我也不知道为什么要过来,可是有一个人说话了,总要听听另一个人怎么说。好多事都是这样,你以为结案了,结果却是刚刚开始。"

小周点头。

"只是一种预感,说不清楚。"忍叔下意识地回头望了一眼大王工作单位伟岸的大楼,"这个人的性格还蛮刚烈的,但是刚则易折。"

"嗯,我也觉得他挺正直的。"

"真困啊。"忍叔捂着嘴打了一个哈欠。

雨滴撞碎在玻璃窗上,像一场奋不顾身的爱情。

晚上9点的中山大道两旁,因为下雨行人稍少,但是霓虹灯和滴水灯依旧相映生辉。太古汇像一只巨大的丝绒首饰盒,灰白的颜色沉默富丽,在它斜对面的正佳广场前,汽车商修了一个英伦范儿的摩天轮,整整一圈的各色MINI轿车登高落低地旋转,给人的信息是豪华生活触手可得。一条充满欲望的大道,由于夜,由于雨,也由于玻璃的幻化,加上一定角度时各种灯光十字形闪耀，宛如一节堂皇深邃意味无穷的电影片断。

苏而已开着一辆辉腾，这车结实、厚重，就像开着一所小型住宅。

找她代驾的是一对年轻的热恋男女，估计都是富二代，穿着时尚而不廉价，这从女孩脚上的香奈儿山茶花拖鞋上可以看出端倪。女孩是插画师，喜欢下雨天夜游车河激发灵感，而且是酒后。苏而已已经不是第一次为他们服务了，除了车技的平静平稳，主要是苏而已设计的自选路线总是能让女孩满意。

上一次，她选择了花城大道区域，可以看到博物馆如月光宝盒一样晶莹剔透，有层次地散发酒红色的光芒，纯白色的音乐喷泉时而曼妙时而舒缓，引而不发是为了直上云霄。苏而已带来的音乐碟片是席琳、狄翁的《爱的力量》，配合辉腾在夜幕下驶上猎德大桥，有一种临风海上的穿越感。当席姐姐飙高音的时候，车已经驶到大桥的中央，是乘风破浪一般的豪迈与超然，灵魂出窍。

女孩拉开天窗，把头伸出去哇啦哇啦乱叫。富二代的品位也不过如此。

桥上桥下，各种桥的循环，真感谢这座城市有那么多桥，可以给心灵枯乏的都市人一点点微妙的刺激。

那一晚的代驾费是1000元。

代驾，首先是因为需要钱。这当然没有问题，但是对苏而已来说，还有一个原因是不想丢掉开车的技能，她是在国外考的驾照，回来以后没有车，她认为总也不做的事情就会机能退化。

再说，她还蛮喜欢开车的。

雨天配巴赫的音乐比较合适，旋律重复，略显沉闷，但是会让人心安。以色列音乐家米沙·麦斯基的大提琴对巴赫的演绎浑然天成，混搭在"电影片断"里是西红柿炒鸡蛋式的经典。

车内的后排座上，两个年轻人开始卿卿我我，发出非同一般的声响，应该是那个男孩子更主动一些，他的样子干净而青涩，有着英俊的脸庞和令人捉摸不透的吸血鬼气质，格外喜欢这个大眼睛细长腿又有点心不在焉的女孩。

如果苏而已不在车上，估计得来一场车震吧。

但这丝毫不会引起苏而已的不适，或者脸红心跳。好吧，她承认自己患有"爱无能"，对A片情节缺少正常的生理反应。

她也有过甜蜜的过往。

当时在华南理工大学读纺织与制作专业，年轻貌美还是次要的，关键是她有一个殷实的家庭背景，她的父亲从事印刷业，生意颇有规模。有钱令苏而已可以像男孩子一样，想干什么就干什么。

　　大二的时候确定了男朋友，当然是同班同学，他的样子平常，性格怯懦。可是他有才华，他的作业或考试每每都是于无声中听惊雷。

　　两个人的理想是一块去伦敦读中央圣马丁学院，据称是时尚鬼才频出的地方。但就个人风格，苏而已非常喜欢川久保玲，就是那个"乞丐装"的鼻祖，她的理念反叛，大胆强暴了斯文得体和高级品位，以宽松、立体、破碎、不对称、不显露身材以至于无美感而胜出。其实还是一个先有鸡还是先有蛋的问题，是修饰肉身还是想象人体的千古一问，自然令川久饱受争议又备受推崇。

　　如果顺理成章，那应该是另外一个故事，另外一种写法。有时候，想要成为一个庸俗的人、一个大团圆结局里的配角，是相当不容易的。

　　22岁那年大学毕业前夕，作为奖励，苏而已去了巴黎旅行。这一直是她的愿望，感受真正的时尚气息。就像大陆的文艺青年没去过北京，操着家乡口音怎么谈艺术啊？而一个有情怀的设计师没去过巴黎，也是不可思议的吧。

　　在左岸喝咖啡，在普罗旺斯采集薰衣草。然而那一年的法国之行对于苏而已来说，不再是每一天都生活在电影里的游人心态，不再是一掷千金买下圣罗朗配饰的公主情怀，罗浮宫的堂皇和地中海黄金一般的阳光都在瞬间黯然失色，变成浮云，留下的只是沉重的伤痕。

旅行即将结束的时候，她接到父亲的电话，叫她不要回国，就在法国找个学校念书。父亲说会通过香港的朋友给她汇钱。

父亲说，家族生意已经彻底破产了。大环境是一个方面，金融风暴就像龙卷风一样，所到之处洗劫一空几乎无人幸免。偏偏父亲不甘心，又一直太过自信，听不进劝说，犯了一个又大又低级的错误——去地下钱庄借了高利贷，以为自己靠苦撑就能力挽狂澜。结果可想而知。

苏而已大三的时候，家里的经济已经出现问题，但父母怕影响她的学业，对她一瞒到底。性格粗枝大叶的她竟全然不知，还吵着欧洲游。

父亲是深爱她的，希望她能够实现自己的梦想。

她当时就哭了，她说我没有问题，我要和你们在一起，我也可以不当设计师打工赚钱帮补家用。

父亲说，别傻了，又不是演电影，在一起只会产生怨恨。

他说，本来以为可以陪你久一点，走得远一点，现在不行了，到此为止。你自奔前程自求多福吧。

事实证明父亲是对的，他卖掉公司、工厂和几处房产，包括自住的大房子，跟母亲去了乡下投奔远房亲戚，却仍有讨债的人千里迢迢地找上门来，他也只能东躲西藏，最终彻底失联，直到现在都下落不明。

母亲从此一病不起。

父亲只汇过一次钱，而且数额有限，谁都知道在国外读艺术是最贵的。苏而已来到法国高级时装艺术学院，在校园里伫立良久，算是向这所1841年创办的号称"时装界的哈佛"致敬，并且痛悼自己玫瑰色的梦想。

她还没有傻到真以为靠自己打工就可以把艺术文凭读下来，她的人生遭遇了巨大的转折，从此认识到钱的重要性，也知道了钱被万人膜拜的原因。以往她对钱几乎没有概念，态度无比轻慢。

她决定把自己安置下来，打工赚钱，幻想着有一天腰缠万贯回国搭救父母。

然而生活的课业，就是先养活自己都困难重重。在一个陌生的国度，语言不通，没有亲人，两眼一抹黑。所幸她是一个男孩子的性格，她找到唐人街，找到教会，寻找面善的同胞请求帮助和指点。她相信人在异乡多少都会滋生出一点恻隐之心，是"沦落人"之间特殊的情愫。

即使如此，没有身份的她也只能做最底层的工作，洗碗，看护老人或者残疾人，在艾滋病患者专诊牙科负责挂号，为此患上洗手强迫症。

她洗碗洗到腰都直不起来，被残疾病人暴吼，甚至扔东西砸破了头。所有这一切摧残的都不是她年轻的身体，而是她崩溃和坍塌了的精神世界。她的梦想，她的文艺小心灵，她的自尊心，包括爱情或者貌似爱情——她也想过用婚姻来解决困境，所能碰到的对象除了老者，中餐馆的胖厨子，还有一个流浪汉（法国人，可以解决身份），每一次的答案都是绝望。

常常在深夜里惊醒，尤其是寒冷的冬天，老旧的出租房间里跟没有暖气一样。在她脑海里飘过的全部是被训斥，被咆哮，然后是无边的茫然和无助。

她学会了忍耐、麻木、硬冷和顽强。

某一天，她走在香榭丽舍华丽的街道上，看到一个中国游客在边走边吃肉夹馍。不知他是从哪里买来的，本应是不雅的行为，但是他吃得十分泰然。这原不是南方的食物，面饼烤得焦黄，夹在馍里的腊汁肉色亮红润，肉香扑鼻。突然就让苏而已热泪盈眶。

想家。面对离着最近最清晰的食物，随之而来的不是食欲，而是掏心挖肺一般的思念。

她一夜无眠。猛醒自己为何要待在这里？贵妇还乡的美梦早已渐行渐远遥不可及，然而在内心深处，她无颜面对过往的一切，也不想面对。哪怕留下的只是一个远在巴黎的背影，还是希望能撑住这个面子。

两年前，她回国了，用存下的钱租了房子，又租了车子连夜接回住在乡下亲戚家的母亲。改名苏而已，悄无声息开始重新生活。

不希望再有债主上门，她原来的名字叫苏立。

她开了一家网店卖童装，隔三岔五地去白马批发市场背回名牌高仿制品，这在内地还算走俏，而且为孩子花钱是年轻父母最容易想通的一件事。那些带有她审美理念的童装寄往全国各地。

母亲也在她的精心照料下，身体慢慢好些了，至少胖了一点。刚见到母亲的时候，见她瘦得惊心动魄，只剩骨架子。亲戚说因为没钱她不肯去医院看病，熬成这个样子。苏而已惊骇得哭不出来，根本没有眼泪，心想幸亏自己赶回来了，否则母亲该有多凄惨多可怜？

对于她在国外的一切，母亲一无所知，还问她文凭拿到没有。她平静地回说拿到了。这是许多大陆父母的误区，认为还有勤工俭学这么一回事。

母亲也很少抱怨父亲，她说都已经这样了，还有什么好抱怨的。

实际上，她是连抱怨的力气都没有了吧……

这时，苏而已感觉到有人拍了拍她的肩膀。她转过头来，是那个男孩，他说他们要去吃私房菜，喝红酒。他说了一个餐厅的名字。苏而已调转车头，向着那个餐厅的方向驶去。

滚滚的商业狂潮中，速度与激情肯定是不俗的经济增长点。但是，人都会饿啊。爱情是不可能饮水饱的。

恰似复古、精致、美轮美奂的蕾丝花边，爱不释手又无处安放。

那间私窦深藏在一个普通小区拐角的民房里，门口没有醒目的招牌，细雨中可以看见一只昏暗的灯箱，映着"私享"二字。除了一只粗笨的风铃在风雨中纹丝不动，其他如常，半点装饰也没有。这家店以虐心出名，没有菜单，以店家当天的采买为准。食客对于食品必须如初恋情人一样全盘接受，不能挑肥拣瘦妄论咸淡，不合口味，请滚，下次就不用来了。它家只做晚餐和消夜，适合小资与文青。

两个年轻人一头钻了进去。

苏而已坐在车里，一边吃自制的鸡蛋火腿三明治，一边喝矿泉水。每每这样宁静的雨夜，都让她有一种苦尽甘来的庆幸。心如止水，拼命赚钱又没有一个熟人的日子，就是她希望的幸福生活。

她最不害怕的就是孤独，因为受过严苛的训练。

友谊这个东西，说得好听一点是累赘，实际上根本不复存在。父亲的朋友还不够多吗？春茗美点，菊花蟹宴，无穷无尽的狂饮或雅聚，还不是一个人亡命天涯不知所终。当然这也怪不得朋友，本来就是吃吃喝喝的一群人，哪里经得起托付？在这个铜墙铁壁的世界，还是别做幻想，独自上路。

直到深夜两点，那两个醉醺醺的摇摇晃晃的身影才重新出现。

6

中午吃饭的时候，周槐序接到医院打来的电话。是护士小李，她的声音里明显带有情绪："周警官，你赶紧过来一趟吧，小王把我们护士长打了。"

小周三口两口吃完饭，本想好好享受一下食堂并不多见的红烧带鱼，但明显费时间，因为带鱼小，刺也蛮多的，只能随便吃两口就倒了。他打电话跟忍叔说了一声，就直接开着警车去了医院。心里对小王越发不满意，啃老还不够，还要啃死人吗？吃了父亲一辈子最后还要吃个大的，老爷子还躺在冰冷的柜子里,你钱钱钱的还有完没完?居然还敢打人,简直无法无天了。

这一次绝不客气,要好好教训他几句。

高干科的氛围有一些怪异,本来应该出现的吵得不可开交的场面完全没有。科主任办公室的门开着,周槐序一眼就看见了小王,因为他脑袋上的绷带像包粽子似的五花大绑,所以格外醒目,包扎也绝不是夸张,额头还有些渗血。办公室里除了主任和医生,还有院长和医务处的工作人员。小王沮丧地坐在桌边,桌上放着冒烟的热水,还有人在他身边小声劝着。

到底谁打了谁?

小周出现以后,也没有人理他。大概是已经脸熟就习以为常了。

幸好打电话的小李护士在走廊路过,见到小周,给他使了个眼色。小周出了办公室。在走廊拐弯的地方,小李对小周说,本来是小王推了护士长,护士长没站稳坐在地上了。跛足人肯定不干了,就把小王给打了,但是小王也没有示弱,用椅子砸了跛足人。

人呢?

于是小李带着小周去护士值班室。路上她小声跟小周说,并不是因为打架的事院长才到科里来,是小王托了人,老王的一个老部下，目前位高权重，亲自过问这件事，院长当然坐不住了，只能硬着头皮来处理这件事。

值班室的门虚掩着，小李在前面推开门，两个人都进去了。本来就不大的值班室顿时满满当当。护士长躺在床上，面色苍白，见到小周勉强坐了起来，还叫了一声周警官。床前的一把椅子上坐着跛足人，脸上有抓伤，一只手臂全部是淤青，他闷着头不说话。

没有人开腔。

小周想起刚才走进科室，碰到的医生护士都是一副远远地谨慎观望的神态。

只好还是小李说情况，她说因为老王的事，护士长已经压力很大，院里科里都有点埋怨她，因为再怎么说这也是护理方面的问题，加上跛足人喊她六婶，八竿子打不着也是沾亲带故，总有说不清的嫌疑。而另一头，小王又不是省油的灯，善后工作变成烂尾。这还不算，小王的妈妈身体不好，护士长也怕她在这个节骨眼上出什么意外，每天还要利用休息时间跑到夫人住的地方给她吊水，总之精神和体力都严重透支，累出了二型糖尿病。

其实小王妈妈也同意10万元和解费，尽快让老王入土为安。她自己的身心也拖不起了。今天小王带着律师又要继续扯皮，护士长就多说了一句，小王顿时就咆哮起来，还激动地推了护士长一把。小李说完，垮着一张脸不再作声。

护士长低垂着眼帘，始终一言不发。

跛足人突然说道："他爸爸过世，能怪别人吗？每次我们一把屎一把尿的，他们都离着一米远捂着鼻子，他们是真有感情吗？当他爸是银行吧。"

"大王先生也是这样吗？"小周问道。

跛足人哼了一声："不是这样还会怎样？不然他爸会死吗？他有揭开被子看过一眼老人吗？摸过老人的肚子吗？胀胀的硬硬的像门板就是有问题。他们碰都没碰过老人，他们都这样还想要求护工怎样？都是狼崽子。"

"你摸到老王肚子硬硬的，为什么不报告护士长？"

"我讨厌他们，怎样？"

"你给我闭嘴。"小周给噎得没说出话来，护士长及时冲着跛足人呵斥道，"你还嫌不够乱吗？"她因为生气脸色更加苍白，但是目光犀利，恶狠狠地瞪着跛足人。

跛足人一声不吭地低下头去。

小李走过来碰了碰他的胳膊，把他带出去了。

值班室里只剩下护士长和小周。护士长叹道："什么六婶七婶，就是老家一个村的，我都不知道为什么管我叫六婶。乡政府不是把地都卖了嘛，他们没有地了只好到城里来讨生活，一个托一个，蹲在医院里不走，我能怎么办？不出事还好，出了事还以为我在里面做了什么手脚。护工抽成也是交到科里，跟我没半点关系，现在可好，所有的压力都得我一个人扛。"

本来护士长是一个温柔、谨慎的人，估计实在被搞疯了，才终于开口抱怨。谁都有下雨天没带伞的时候，在雨地里奔跑难免狼狈。

小周回道："这事的手尾还真是长，也消耗我们好多精力。"

"但是上面很小心，总是嘱咐我们工作要细，因为不知道哪只脚会踩到雷。"小周又补充了一句，算是一种安慰。

果然护士长脸上的神情稍稍缓和了。

这时小周问道："就算儿子都靠不上，老王的夫人难道对他也不关心吗？"

"关心还是关心吧，就是没那么细致入微。"

小周一脸的问号。

护士长道："老王是个文化程度很高的官员，据说是手不离卷的读书人。样子又那么周正，你说这样的人能没有红颜知己吗？"

小周抿着嘴点头。

"那个女的在少年宫教画画，早年离异，长得挺漂亮，又会弹钢琴，这不就是妖孽吗？把老王迷得神魂颠倒的。夫人也知道这个女人的存在，可是人家根本不要名分，也没逼过老王离婚，你能拿她怎么样？老王当然就觉得对不起她，给她换过一架三角钢琴，发票叫夫人看到了。你说没看到的，男人为了女人把家搬空了也不奇怪吧？"

诛心之痛，夫人也是"不用心"杀人啊。

"那老王病了，那个妖孽出现了吗？"

"怎么可能出现？你都傻的。"护士长鼻子哼了一哼。

"不是老相好吗？难道没有一点感情？"

"有又怎样？游戏规则就是没有名分，不问生死。"

原来护士长每天到夫人的住所输液，女人之间说一些贴己的话也是很正常的。小周暗想，这件事情从老刀开始，卷进去不少人，环环相扣仿佛神的周密安排，哪怕有一个人稍微走点心也就天下太平。

可惜没有。没有一个人那么做。

从科里出来，已经是下午4点多钟。

了解情况就是这样，既杂乱琐碎又罗生门，每个人都有自己的立场和说法。但既然都来了，小周还是问小王是否和跛足人一块去警局做笔录？

小王说算了，就带着律师离开了。

周槐序有点纳闷，本以为小王又会大做文章不依不饶。还是医务处的一个男助理点醒了他，他望着小王的背影叹道:"这件事总算结束了。"

"怎么讲?"

"院长一锤定音,和解金赔40万。高干科所有的护工一个不留,全部开掉,另外再组织人。这下小王就彻底满意了。"

小周哦了一声,虽然也不满意小王的敲诈勒索,但一想到这个荒诞的案子终于收尾从此不再麻烦,也长吁了一口气。

想到这里,两条腿像明白他的心意一样,轻松了不少。

高干科离停车场还有好长一段距离,其间要穿过大大小小以白色为主的若干楼房,如果不是来过几次,说大医院像个迷宫也不为过。接近大门口的地方,还有一截长长的曲曲折折的回廊。

到处都是人,医生、护士、护工、陪人,还有来探视病人的亲朋好友,等等。明显是病人的身穿白底竖道的病号服,走得缓慢,也有陪人举着竹竿,上面挂着输液瓶。若不是这些人的出现,把医院说成庙会根本是恰如其分。回廊两旁也坐着病人,或是停着轮椅。

小周想到跛足人刚才对大王的评判,大王先生的形象又开始减分,主要是没有自己想象的那么好。

跛足人也说,夫人少来,来了神情也是没油没盐,不见得多么挂心。

怎么可能摸老王的肚子？

满脑子都是一些无聊的感慨，不得不说忍叔是过来人，过来人都不滥情，迅速整理掉与案情无关的枝枝蔓蔓，也不相信眼睛看到的。这才是好警官必备的素质吧。

周槐序感觉自己动不动就天人交战感情戏太多，面对无奈和冷漠总是无法平静接受。是不是成熟了疲惫了就好了？

这时他突然感觉有人抱住了他的双腿。

低头一看，是一个小男孩，五六岁的样子，仰着头忽闪着大眼睛巴巴地看着他，估计是认错人了。缓过神来的小周，看到面前有几个成年人在笑。这里是回廊到头的地方。

那几个人说，这个小孩肯定是病人家属，跑出来玩找不回去了，一个人在这里抹眼泪。碰到这几个好心人，他们问他要不要帮助，他不但死都不说话，还抱着回廊柱子不跟任何人走，防范意识还真强。现在见到警察叔叔了，急忙扑过去求救。不管是家长还是幼儿园教的，应该是成功的教育成果，现在拐卖儿童的事件太多也太可怕，这孩子够聪明。

小周向那几个好心人道谢，然后牵着小孩子的手，去了医院门诊大厅，离下班时间还有1小时20分钟，这里居然还是人流滚滚。父亲的眼科医院他都没去过，也是这么多人吗？震撼。

小周在服务台找到医导小姐,其中一个弯弯眼睛总是笑模样的小姐走出服务台,蹲下身去跟小男孩沟通,没说几句话就起身告诉小周,小孩子的家长应该在泌尿外科。

小周道:"这么快就问出来了?够专业啊。"

医导小姐回道:"他说他姥姥开刀,开刀肯定是外科嘛,我又问他开哪里,他说是胆,那就是泌尿外科嘛。我们有5个外科。"说完之后,又告诉小周泌尿外科在工字楼。

一路上,男孩都紧紧拉住小周的手。

"你叫什么名字?"小周不希望他那么紧张。

"大溪。"

"大河的大,西边的西?"

"大海的大,小溪的溪。"

"那你到底是大海还是小溪?"

"不知道。"

"你爸妈够纠结的。"

"我没有爸爸只有妈妈。"

"你爸爸呢?"

"我妈妈说他是一个很好的人,但是不能跟我们生活在一起。"

"你见过他吗?"

"没有。"

又是一个失婚女人的悲情故事。小周暗自神伤，所以他才更相信爱情吧，没有爱情的婚姻能维持多久啊？

小周的脑海里又一次飘过练习弓道的女孩，本以为彻底放下的念头总是这样漫不经心地被想起。也许她就是一个妖孽，甚至都不知道他的存在，却又一直在他的头顶盘旋。

"你几岁？"

"6岁。"

"你的防范意识是谁教给你的？"

"什么是防范意识？"

"就是不要随便跟着陌生人走。"

"姥姥教我的，她说我们家就我一个男子汉，以后就全靠我了。"

大溪不仅没有爸爸，也没有姥爷。想到这里，小周心里酸酸的，他侧过头去看了一眼大溪，孩子神情平静，长长的睫毛覆盖着眼睛，一派呆萌令人格外怜惜。

他握紧了孩子的小手。

寻找工字楼，小周牵着大溪走走停停，又问了两个人才找到。靠一个小孩子的记忆力是不可能找回去的。

起风了。

两天前各大媒体都在预警台风的到来，"舍琳娜"号台风小姐并不矜持,果然如期而至。

小周用钥匙打开家里的门,母亲的歌声飘了过来。母亲黄莺经常在客厅边弹钢琴边唱歌,有时也要带一带学生。所以客厅的装修材料是吸音墙壁,还装有厚厚的隔音玻璃,以免影响他人。

今天并没有学生,黄莺在自弹自唱《我爱你塞北的雪》,歌声舒缓动人,她冲着小周点点头,算是打了招呼。

终于她唱完了,但仍坐在琴凳上,她穿一件酒红色旗袍领的短袖衣,下面是黑色的合体的绸裤配绣花鞋。骨子里文艺的人都不觉得自己文艺,她家常的时候就是这个样子。

母亲和气地问道:"这是谁家的孩子?"

"同事的,家里有人做手术,顾不上他。"

"哦,欢迎欢迎。来唱个歌吧。"黄莺弹起了《我爱北京天安门》。

周槐序苦笑道:"谁还唱这个歌啊。"

"那唱什么?"

小周看着大溪:"你会唱什么?"

大溪想了想,道:"《小苹果》吧。"

什么小苹果?黄莺不仅不会弹,连听都没有听说过。她去了厨房,跟保姆说多蒸一个炖鸡蛋给孩子吃。母亲就是这点好,性格温柔又没有什么废话。就那么口吐兰香,父亲待她也是恭敬有加的。所以小周内心柔软，本质上是个暖男。幸福的家庭都同样幸福。

家里并没有孩子的玩具，小周跟母亲说完话，正准备给大溪开电视，却见大溪双腿跪在窗前的椅子上往外看。小周走过去，窗外也没有什么好看的，就是狂风恣肆，即使有隔音窗户也仍然依稀听到一声紧跟一声的呼啸。所有的树枝大幅度地前仰后合，一些轻的纸片或者塑料袋迎风飞舞，飘得老高。舍琳娜小姐还是发威了。

遇到这样的天气，来到一个陌生的地方，孩子都会想妈妈吧？

小周不知道该怎么安慰大溪，而大溪突然开口说话了："风的嘴在哪里？"他眼睛一直盯着窗外，这样说。

"什么？"

"风的嘴在哪里？"

"你还真考住我了。"小周想了想，还是无从解答，因为也没有研究过风的产生，是啊，它乱叫一气它的嘴到底在哪里？

小周给忍叔打电话："风的嘴在哪里？"

"说人话。"

"风是怎么产生的？"

"我怎么知道？"

"你不是科普达人吗?"

"嗯,让我想一想。"他想了片刻,"通俗地说应该是空气在运动吧,总之风的形成就是空气流动的结果。怎么了?突然这么无厘头?"

"没什么。"

"你刚才在微信里晒咱们的二手警车,说跟开飞机一个动静,有那么破吗?"

"还不破啊?"

"要有集体荣誉感,别有的没的都往外说。"

"嗯。"小周关上手机,心想忍叔就是这么提拔不上去,但还是爱岗敬业如初恋。容易吗?头儿都知道吗?都不感动吗?

父亲因为工作的关系,按时回家吃晚饭的时候比较少。所以晚饭的餐桌上相对轻松,保姆有意特别照顾大溪,事实上是完全不需要,大溪规矩吃饭,只夹面前的菜,掉在桌上的饭粒主动捡起来放在嘴里,一看就是有家教的孩子。但是他也真饿了,吃了3碗饭。

"看把孩子饿的。"母亲怜惜地说道,又不满意地看了小周一眼,"同事的孩子都这么大了,你看看你。"

小周莞尔:"就是要找像妈这样的媳妇,才不容易啊。"

"不要乱说话。"母亲笑道。

与韩剧场景不同的是,我们的保姆都上桌吃饭而且还插话。"我看也没有谁配得上我们周警官。"保姆笑嘻嘻地说道。

大溪看上去就不那么紧张了,小孩子其实很会看脸色。

躲过了下班堵车的高峰时段,小周还是要把喷气式二手警车开回刑警大队。一路上飞沙走石风雨交加,天也黑得墨团一样,跟这种大动静的破车还真是遥相呼应,再没有那么匹配的了。

说是过了高峰时段,但因为天气恶劣路况变得更加糟糕,由于害怕立交桥下的积水,所有的车都在立交桥上挤着,根本开不动。

雨刮器跟疯了似的来回摆动,前挡风玻璃仍没有片刻的清晰。

小周想不到自己会如此平静。

看来还真是——人生所遇到的每一个人都不是闲笔,只不过和有的人没来得及展开一段故事,而与有的人是注定要悲欣交集的。

即使是一个孩子。

是的,周槐序牵着大溪的手到达泌尿外科的时候,大溪明显地恢复记忆,非常熟悉这里的环境,变成他拉着小周的手,快捷准确地找到病房。

是一个 8 人大病室，每个床上都有病人，加上护工和前来探视的访客，以及推着治疗车的护士，感觉满眼凌乱尽是进进出出的人流，病房内显得拥挤不堪又彼此并不冒犯。

进门靠墙的位置，一位老人躺在病床上，双目紧闭，像是睡过去了。

有一个纤瘦的女人在给老人用湿毛巾擦手，非常细心的样子。大溪叫了一声妈妈，那个女人转过头来，当时小周就给惊着了。

竟然就是那个他苦苦寻觅芳踪的女生，是的，那个练习弓道的女生。

准确无误是她，只是比前两次见到她时还要瘦，同时满脸疲惫，额发凌乱有几缕低垂至脸颊。但不知为何，这张脸对于小周来说有一种魔变的效果，仍感觉她美丽如初。

大溪告诉妈妈他迷路了，是警察叔叔带他找回这里。练习弓道的女生急忙向小周致谢，完全没想起他们曾经见过。代驾的那个晚上，小周穿的是便衣，正常情况下应该是没有记忆。

"天都黑了，你都没找他吗？"小周开口问道，心里想的却是居然以这样的方式相遇，真是想不到啊。

练习弓道的女生温柔地看了看大溪，摸着他的脑袋，有些惭愧道："我妈妈一会儿手术，今天满脑袋都是手术的事。"

"这个点手术?"

"手术室空不出来,上一台还没有做完。"

"哦。"

"可能是不太顺利,护士说也常有这种情况。"

小周想都没想就脱口而出:"如果你相信我,就让大溪到我家住两天吧。"

显然她愣住了。"这样真的可以吗?"紧接着她小声道,"我妈妈手术后的护理,还真是没有人跟我换班。"

小周拿出警官证:"我叫周槐序。不是坏人。"

她还真把警官证拿过去看了看,然后递还给小周:"应该是阴历四月份出生的吧,嗯,槐序。"

"是,爸妈当年都是文艺青年。"

她莞尔一笑,伸出手来:"苏而已。"

他们握手,算是正式相识。

那么浪漫瑰丽的开头,让人想不到会是如此充满烟火气的重逢。网上怎么说的?距离产生的不是美,是现实的不堪一击。

于是周槐序把大溪带回了家。

说来奇怪,遇到这样的情景,十个男人十个都会默默走开吧,所有的幻想都在瞬间破灭,一个有6岁孩子的母亲身上，业已发生过多少悲欢离合的故事？再美好纯真都有限吧。周槐序也觉得自己应该默默走开，理智这样告诉他，人的正常反应也这样告诉他。

可是他的行为就像例牌行动中突然脱离指挥中心的命令那样，在需要危机处理的时候脑子空白。

在塞车的路上，他一直安慰自己，这也没有什么，就像在非上班时间非管辖区域抓了一个扒手，或者扶一个老奶奶过马路一样，只是为群众排忧解难。不必想那么多，自然地结束就可以了。

不过转念即是，我这是在说服自己吗？谁要听我的解释啊？

应该是没有缘分，否则怎么会一次又一次错过。可是她是唯一知道槐序是阴历四月别称的人。

又有些庆幸于微时和她相识，那么可以自然地显现出自己的英雄本色。转念又想，她怎么比自己还要自然，淡定？难道他对她就没有半点杀伤力吗？这让他的自信心大打折扣。

脑袋里乱七八糟的，周槐序决定什么都不想。

刑警队所在的办公楼灯火通明，周槐序停好了车，只见大雨已经变成了小雨，他懒得撑伞，几大步冲回楼里。

果然忍叔还没有下班，在办公室重看几乎翻烂了的端木哲的案卷，包括一些当年有限的视频。估计是累了又毫无斩获，小周进门的时候，他正在点眼药水，想不到干这行还真费眼睛，而且小周从父亲医院拿回办公室的眼药水，总是被忍叔藏得谁也找不到，没人的时候自己享用。

小周把医院的情况三言两语说了个结果，忍叔嗯了一声，表示知道了。

忍叔仰头靠着椅子背，闭着眼睛等待药水的吸收，道："老王总算可以入土为安了。"

"是，今天我看小王还挺满意的。"

"不说他了，还真够难缠。"

"可以集中精力对付端木哲了。"

"还是零线索，我就奇了怪了，如果不是水汽蒸发，怎么可能一点生活的痕迹都没有，何况还有贩毒的嫌疑，就算为了赚钱也该浮头才对。"

"我觉得苞苞不可能不知道端木哲的下落。"

"我觉得她还真不知道，因为听说我们找了他两年，她一脸茫然，这是装不出来的。她不想说的是他们两个人的爱情故事，实不相瞒我还真没什么兴趣，我就是想抓到端木哲这个嚣张的家伙。"

忍叔睁开眼睛，滴过药水的眼睛显得明亮了许多。

桌上散落着几张端木哲的照片，其中的一张应该是刚参加工作不久,还不知道时世艰难,有一点意气风发的味道。他穿了一件白大褂式的实验服,白口罩吊在一侧的耳边,面前是各种烧瓶、各色溶液和实验架。嘴角机敏地微微上扬,无论从哪个角度看都能感觉眼神相交,标准的小镇青年野心照。

小周拿起这张照片端详一阵,感觉端木哲正在对他说,笨蛋,你根本找不到我。小周把照片扔回桌上,暗自叹了口气。

前前后后,光端木哲的老家就去了3次,那个稳戴贫困县帽子的广西小县城。这家伙大学毕业以后就没回过家,工作挣钱了也没给家里寄过钱,十足的白眼狼。情感线索根本无迹可寻。

忍叔什么也没说,整理案卷后放进铁皮文件柜。

"饿了。"他说,"去吃碗云吞面吧。"

两个人撑着一把大黑伞去了利群茶餐厅,因为下雨餐厅里人不多,芦姨难得空闲,支着下巴在看壁挂电视。

感情剧,女演员哭成一个大花脸。

"就这么好看吗?"忍叔说道,既像打招呼又像是自语。

芦姨的眼睛没离开电视,回了一句:"不然看你吗?你又没什么看头。"

忍叔自讨没趣地笑笑,找到平时难得有空位的卡座坐了下来,适时闭嘴,否则又是摩托车失窃案发布会。

小周去买了两份双拼饭,都是叉烧拼油鸡,利群最贵最经典也最可口的招牌碟头饭。忍叔见了,一副好饭不怕晚吃的样子:"吃这么好,今天有什么好事吗?"又看到另一份饭是打包,奇怪道,"你不吃吗?"

"现在不饿,一会当消夜。"小周答道。

"哦。"忍叔低下头去,吃得津津有味,转眼间就消灭了半盘子。

病床空着,周槐序有些意外,他抬腕看了看手表,已经是晚上10点42分了,难道苏而已的妈妈还没从手术台上下来吗?

他找到护士站询问。

护士也是一脸无奈地解释,医生和患者都有够悲催的,先是患者已经打好麻药,可是医生突然要处理一个急诊,赶回头麻药都过劲了,又打了一次麻药,手术一直拖到现在。

她陆续说完之后,给小周指了手术室的方向。

雨一直也没停,风雨之夜总让小周决心过来看看,但其实买双拼饭的时候,很确定是给谁买的,真是既纠结又拧巴。

手术室的红灯亮着,外面是空旷的走廊,贴墙的两侧都是金属的长条椅子,雨夜的日光灯显得格外阴森清冷,偌大的走廊里,只有苏而已一个人坐在长椅上,单薄并且安静。

周槐序走过去,把饭递给她:"吃点东西吧。"

她看着他,仿佛知道他会来似的,并不显得十分意外。她接过饭盒,却没有马上打开。

周槐序道:"胆切除也不是什么大手术,何况还是微创,你就放心吧。"

"如果有意外发生,还是要做传统手术的。再说时间有点长了。"

"不会有事的,大溪在我家挺好的,晚餐吃了3碗饭,我妈在家,还有阿姨,估计现在已经睡了。"

"谢谢。"她有气无力地说。然后慢慢打开饭盒。

为了避免她的尴尬,小周故意走到窗边去看外面的雨。其实是他自己尴尬吧,在她面前总有些不自在。

身后一点动静也没有。

等他回过身来,看见她在慢慢吃饭,但是吞咽动作有点生硬,或者说艰难,一颗泪珠掉了下来被她飞快地抹去了,她咽下去的不是饭菜而是哽咽。的确,送亲人进手术室如同上战场,没有人知道下一分钟会发生什么,也许刀锋起舞却安然无恙,也许细微闪失却夺走性命。

恐惧与担心无异是一种煎熬。而她只能承受,没有人可以分担。

就是这一瞬间,周槐序极有冲动走过去搂住她的肩膀,接过她身上一半的担子,传达他心底的意志和力量。当然,他没有。

但是他相信了,这个世界上真的有奋不顾身的爱情。

7

鹿儿岛的卤猪肝看上去干燥、紧实,暗沉而让人放心的颜色,切成薄片之后可以看到内质的细密,像大理石的切面。刚入口是一派木然,渐渐地猪肝特有的香气会在嘴里缓缓散开。与肉质轻盈,入味透彻然而有些偏咸的西班牙黑椒火腿肠,堪称一对送红酒的优质小菜。

每隔一段时间,柳森就会约三郎到珠江新城吃富隆酒膳。这个店的风格并不张扬,私密度比较高,虽然没有会员制,但无形中只接待熟客。

店里的面积适中,装修洋派但不虚华,一楼除了迎宾的柜台,便是整齐密集的酒架,恒温的酒窖在地下,可以随意参观。二楼才是品酒吃饭的地方,隔成大大小小的房间,统一的巴洛克风格，没有厅堂也不造成干扰。

他们被安排在一个熟悉的小间，一侧的落地玻璃可以看到繁华的街景。

好的下酒菜就跟老情人一样，不见会想。这是小叔叔柳森喜欢说的一句话，而且他这个人豪迈，通常都是对着装笔挺、相貌堂堂的经理说，根据今天的食材看着办吧。彼此都给足了面子，还可以享受到贴心细致的服务。

今天自然也是如此。

又上了一瓶红酒，是按照"渐入佳境"的路数安排的，经理戴着白手套，神情恭敬地倒酒，又狠狠说了一通这一瓶的身世、来历和特色，几乎让人穿越到阳光明媚的法国瑰丽的葡萄园中。在他的引领下，三郎谨慎地喝了一口，依旧是微酸微涩的感觉。再怎么高级的红酒，对他来说就是这种境界，太甜或者拉扯嗓子就是不好，但说什么好的红酒口感层次分明，舌尖味蕾绽放翩翩起舞之类的简直就是扯淡。

当然，这也许是他一个人的问题。

他讨厌所有的装腔作势，有一次朱易优提醒他，接受采访不要跟媒体说喜欢吃红烧猪大肠，就不是一个艺术家该吃的东西，要说吃素，偶尔清修辟谷。他终于明白自己是怎么变分裂的。

但大家都这样，若不拿着水晶夜光杯晃圈，这个世界就不对了。

所以啊，只有面对沉默的布料，他才会真正心动。肃穆的质地和纹理，对他而言是魔，是妖，是一生唯一的伴侣。

一股清新的蒜香味道扑鼻而来，紧接着，侍者便呈上了两盘煎烤得恰到好处的日本带子，乳白色的肉身硕大肥美，浸在精心调制却并不着色的料汁里十分诱惑。柳森一边用刀叉切开带子一边说道："一个都没看上吗？"

"没什么特别。"三郎假装想了一下，这样回答。

自从在男科医院偶遇之后，柳森开始了新一轮给三郎介绍对象的狂潮。他曾经把三郎约到美术馆，观察一个知性女孩的背影和体态，介绍他们认识。也拉着三郎一块去看内衣模特展，完全可以找到一览无余的性感女生，他的理论是男人心底的欲念其实高度一致，就是开着奔驰旁边坐个大胸模特。

还有公关公司最新的录用人员简历，厚厚一沓放在牛皮纸的卷宗袋里。但其实三郎根本没有打开，数日之后又原封不动地还给了柳森。

柳森开始吃带子，美味却不能抵消伤感："我觉得特别对不起你父亲，你这么优秀，为什么最基本的问题解决不了？"

"有点累了。"

"所以才说找个平常人过日子。"

"苞苞还不平常吗?"

柳森停下手中的刀叉,正色道:"不要提她好不好。"

沉默。餐刀在陶瓷盘子里发出细微的声音。

打破沉默的还是柳森:"你还想着她吗?"停了片刻,他才说下去,"我说的是苏立。"

"哪有。"他这样回答,显得漫不经心。手中的刀叉把带子切成一小块一小块,却没有一块放进口中,索性把刀叉放下。

苏立是他在大学时的初恋,他至今还记得她的经典特色的样子——紧贴头皮的马尾,松松垮垮的运动服,麦色的皮肤,一字眉。然而一切寻常都挡不住她的明亮和俏丽。

也许是由于家庭条件优渥,她的性格一派爽快透明没有半点杂质,三郎还是第一次见到没有忧伤和烦恼的人,她的善良、快乐、乐于助人自然天成。重要的是苏立没有看中本班或者别班上的高富帅,而喜欢他这个相貌平平又有些腼腆的男孩子。

那段时间,在每个月第一周的星期日,他们在学校附近的小区广场上摆"自由空间学生墟",几乎全系的同学都会拿出自己的手工作品出来卖,做法是简单地席地摆摊,或者自带绳索、木架,把各种衣物挂起来展示。有衣服、裤子、裙子、饰品,也有明信片、皮具、香熏、手工皂,等等。三郎那时候做的衣服就深得人心,不仅本校的同学,就连路过的居民也会停下来左挑右选。只要有人还价,三郎的脸就成了红布并且说不出一句话,都是苏立出面解围,谈恋爱也好,谈钱也好,她都无比坦诚、直来直去。

学校里号召给地震灾区捐款献爱心,各个班集体闻风而动,她偷偷塞给三郎200元钱。她知道他爱面子,也只有她能看出来他已经两周不怎么吃早餐了,每次递给他馒头、包子或者粽子,她都会说吃不下了,别浪费好不好。

母亲也喜欢她,说她是好人家的好女孩。甚至有时候,得知她节假日不到家里来,便放弃买鱼,只买一截猪肠子回家。毕竟鱼还是太贵了,她只想买给她吃。

大二的一个暑假,他们结伴去了西南云、贵、川一带的边远山区,以最节俭质朴的方式,调查和认知了中国民间传统手工艺。农民身上老土布缝缝补补的旧衣服,充满了故事和诉说,坚持着一种内心深处永恒不变的东西。那时候的苏立就有这样的认识:一件衣服的价值不在于动用的科技手段有多高,只有体现出它的精神价值才是真正的奢侈和昂贵。

他们住在农民的家里,夜晚在黑暗中听着隔壁传来织布机单调而有力的声音,会让人产生无以言说的感动,在他们到来的之前之后,这声音伴随了人类数千年并将依旧陪伴下去,是代代相传的儿女心头永不磨灭的记忆。

她曾说过:我非常迷恋手工,将来我们一定要有自己的品牌,我们的出品全部是纯手工制作,从纺纱到织布,从缝制到最后的染色,全部采用手工和纯天然方式。目的就是坚持和传承传统技艺,让人们从对华丽、奢靡与性感的渴望,转向对含蓄、原生态以及细微的体验。

她是一个坚定的理想主义者。

这让他相信年轻时的富有,有时候反而可以抵御金钱对于人性弱点的侵蚀,反而可以并不需要沾染过多的铜臭气。

他对她的仰慕之情超过了爱,后来他的创业之路,一一见证了她果然是他的缪斯,有着旗帜一般的感召力,包括以放弃的姿态进入,像死人一样没有观点绝不做作,无一不是来自她的灵感。

她就像钻石一样,其中有一面的光芒竟然是与父亲旗鼓相当的那种关怀。那种发现太奇特了,是自从父亲走后再也没有出现过的,令他发自内心地自信。

他们也是在那样的深山老林里自然地在一起了,日出而作,日落而息,满心憧憬地相拥而眠。他喜欢看她织布、绣花、坐在火塘边添柴的样子,歪着头,聚精会神,直到额头一边的头发慢慢垂落下来,她却仍可以一动不动,脸上升起淡淡的温柔。

她不化妆，甚至连口红都不搽。头发也因为疏于打理梳成一根毛茸茸的辫子，猫尾巴一样低垂或者趴在她的肩上。在他的眼里却是少有的干净、清秀，令人无法忘怀。

当然，他也要去打柴，挑水，她总是夸奖他真不愧是裁缝的儿子，每一件格子衫都那么合身，因而干粗活的时候也韵味无穷呢。

用现在的话说就是标准的技术宅男或暖男吧。

仿佛从天而降，如回归田园的董永和七仙女，你耕田我织布，相视一笑万物生辉。原来那些艳俗的成双成对的喜鹊、牡丹并蒂而开的图案，也是源于生活高于生活，是真实心境的写照。

那时候以为，幸福和美好是绵绵无期的。

可是突然，她就从他的视野和生活中消失了。开始只是说利用假期到法国旅游，后来变成游学，最后听说直接在法国的时装学院留学了。他一直觉得她会跟他联系的，而且学校里的同学突然离开出国留学也不是什么新鲜事。奇怪的是她一直都没有跟他联络。教室里她经常坐的位置总是空着，如果坐着女生，背影又有一点像她，他的心会一阵狂跳，手脚却动弹不得。

一个学期很快就过去了，他忍不住跑到她家去找她，他知道她父亲是个成功的商人，果断并且严厉，他只在她父亲出差的时候去过她家两次。

然而,她家住的一线江景的复式豪宅已经卖掉了。

直到大学毕业,他才确认她的确是用断崖式的绝决方式与他彻底告别。也只有这时,他才惊醒他是那么爱她,就是那种单纯的男女之爱,因为曾经像空气一样,所以没有珍惜,以为她永远无处不在。

"爱是可以杀死人的。"柳森冷冷地说道,并且刀叉并用,在切一块侍者刚刚呈上来的牛排,应该只有四成熟,每一刀切下去都沾有血丝。柳三郎尽可能不去看那只盘子,有一摊红色的黏液让他反胃。他点的是小羊排,要求烧透并且入味。后厨做得不错,真的是入口即化。

柳森微皱着眉头,切好牛排才抬起头看了三郎一眼:"我说多少遍了,要面对现实啊,就是她甩了你。富人家的孩子都这样,可以任性啊,可是你当真了。干吗要当真?她就是玩玩的,别说她找不到你,现在资讯那么发达。"

因为心又死了一次。当然他什么也没说。

"什么爱不爱的,找个人结婚、生孩子,总比胡来强吧?你不要看着我,我心里分得很清楚。"

"难道我不想吗?"三郎无力地说道,索性放下手中的刀叉,眼睛望向窗外。夜幕降临,对于许多人来说生活才刚刚开始,一群红男绿女路过,夸张地打闹;一个老男人牵着两只不同品种的宠物狗出来遛，其中一只泰迪张开后腿撒尿，男人停下脚步等待，一边听电话。三郎继续说道："我现在羡慕任何一个人，哪怕是一条狗，因为有权力庸俗。"

"把过去的一切都忘掉。"柳森几乎是用命令的口气打断三郎的话，他目光如炬盯住三郎，直到他重新拿起刀叉。柳森的口气和缓下来："被一个姑娘甩了，你看看你那副样子，你正常过吗？我说的是大学毕业以后，千万别跟我说你是什么艺术家，先把日子过起来再说。你知道我这辈子听到的最深刻的一句话是什么吗？"

三郎抬起头来，望着柳森，洗耳恭听。

"节哀顺变，处理后事吧。"柳森有些蔑视地扫了三郎一眼，把一块饱蘸黑胡椒酱汁的牛肉块送进嘴里。

有时候，人生就是一个接一个的饭局组成的。

星期五的下午，柳三郎和苞苞在民政局办理了离婚手续。之前两个人相约、碰头都很平静、准时。但是因为排队，还有一些拉拉杂杂的程序，办完已经是下午5点40分，因为是小周末，下班高峰提前而至，大马路上已经铁流滚滚，远观几乎是水泄不通。

柳三郎有密集型恐惧症，但是也许事情办得比较顺利，所以心情不错。最重要的是，无论苞苞这个人多么不堪，但是口风紧却是许多女人做不到的。至少她跟柳森那么相熟，关于他们的私生活她都没有漏过半个字。

"在附近找个饭馆吃饭吧。"三郎对身边准备离开的苞苞说道。

很明显苞苞愣了一下，估计感觉实在是意外吧。但很快她看了他一眼，微微点了点头。

这还是他们两年后的第一次见面，说好在民政局的宣传窗处碰头，当时三郎暗自吃了一惊，因为苞苞小脸蜡黄，眼神也相当萎靡。要知道当年的她脸色红润，思维简单快乐。有一次她在家里放录音机，给小朋友编舞，一本正经跟着音乐跳幼稚的舞蹈。三郎很想笑，说怎么从头到尾就一个动作啊？她回说哪里是一个动作，分明是四个动作啊，一边还分解给他看。

他其实并不后悔娶了她。人都是这样，如果不能如愿以偿，就选择最不累心的生活方式。苞苞有时候还蛮可爱的，若能够十指相扣手拉手地睡觉该有多好？然而年轻的身体里情欲涌动，谁会陪着谁岁月静好？

终于有一天晚上，苞苞打扮成童子军模样，一身蓝白相间的海军服打扮，刻意营造制服诱惑。在这之前她也穿过透明蕾丝扮性感，总之足以看出她用心良苦。熄灯之后，她抱住他，亲吻他，还轻轻咬他的耳垂。他也很想做点什么，内心里翻江倒海,然而万事向衰无药起,一身躺倒任花埋。

什么都没有发生。苞苞转过身去。

她在黑暗里说出了一直没有勇气说出的话:我知道你不爱我,但没想到你还嫌弃我羞辱我,跟我结婚但是不圆房对我性封锁。我觉得我都不是女人了,就像做了变性手术一样,长出了胡子和喉结,就连最后一点自信心都没有了。她越说越伤心,忍不住失声痛哭,之后她用被子蒙住了头,哭声变成了哽咽。他极有冲动伸出手去抱住她,可是他说什么呢?

幸亏他们都是最好的演员,联袂演出默契地秀恩爱。本来嘛,人活的是一张脸,一个面子,一副令人羡慕的景象。越虚幻便越逼真。

白天他是多金的才俊,晚上扮演冷漠的国君。

尽管后来发生的事不可收拾,但无论如何冲着曾经的抱歉与愧疚,三郎还是开着他的宝马车进入了最近的一家五星级酒店停车场。

酒店的三楼是潮菜馆,贵到空无一人。装修风格是潮式的亭台楼阁,利用小桥流水作为间隔,夹杂着展示潮绣、木雕和陶瓷。一个女孩子在凉亭里弹奏古琴,音色暗沉如梦中自语,亭匾草书着两个字,尽南。

一个穿着黑制服的女部长微笑地走过来:"柳先生,您来了。"

三郎心底一惊,他真的不记得自己什么时候光顾过这里,根本一点印象也没有。女部长提醒了两句,还说酒柜里存有他大半瓶洋酒"杯莫停"。三郎哦了一声做出想起来的样子,但其实脑袋里仍旧一片空白。有一段时间为了风投跟着朱易优出入各种酒场,具体的地方他是绝对想不起来的。

但是女部长的记忆力实在了得。

两个人在大堂靠窗的位子坐下,三郎点了鲍鱼和冻蟹,杯莫停自然也拿上了桌。经过了一番磨难如今终于分手,反而可以聊一些家常话了。苞苞问了他母亲的近况,身体可好?他问了苞苞警察找她都问了什么?她又是怎么回答的?但是并没有提到端木哲的名字,他不想提到那个肮脏的名字。

其实柳三郎并不喜欢喝洋酒,对于他来说,无论多贵的洋酒都是后劲十足,快速上头令他萌生醉意。

"真是让人难以琢磨啊。"酒过三巡,苞苞也微微泛红了脸颊,她望着眼前的酒杯,不禁感慨起来。

"什么意思?"

"我说的就是你啊,还以为你一辈子都不会原谅我。"

"现代人没有隔夜仇。"

"还请我吃这么贵的潮菜。"

三郎想了想，脱口而出道："感谢你的不杀之恩啊。"

这无疑是酒后真言，两个人同时吓了一跳。三郎当然不会再说下去了，苞苞的脸色也从苹果变成了秋梨。

短时间的清寂、沉默。

"我承认我出轨，但是——我真的没有——"苞苞没有说下去，因为三郎用手势制止了她。

他不想听任何解释，如果看着她当面撒谎就更加不堪。他在针孔摄像机里看到了她的一举一动：她谨慎地往他的曦露香槟里下药。在他看来香槟原不是酒，口感就是肤浅芳香，用它开胃也还好。

他从来就不是一个君子，在此之前趁她洗澡时偷看过她的手机，本以为都是一些油腻腻的男女情话，然而没想到的是，苞苞和端木哲之间的短信量少字也少，有一点惜字如金的味道。其中有一条令他印象深刻："勇敢一点，全部都是我们的。"当时实在想不明白是什么意思。

结合她的行为，一切都变得简单明了。

一开始他的确是不同意离婚的，为了保全面子，也为了母亲的心情。但是后来他想明白了，向苞苞表明态度同意离婚。但是苞苞开始兴高采烈，不过后来就变得态度迟疑暧昧。看到她的举动，恍然大悟之后惊出了一身冷汗。一连数日他无法成眠，但白天仍旧要装得若无其事，只有深夜在床上望着她的背影，没有一点真实感，然后有一团东西在胸口聚集，慢慢膨胀直到塞满胸口，顶住咽喉，极端的愤怒和仇恨令他喘不过气来。

然而最终，这一瓶曦露香槟都没有出现在餐桌上。

他再一次发现它的时候，是在一个黑色的垃圾袋里，整个袋子里都是空置的瓶瓶罐罐，有些是酱油瓶、咸菜罐，而有些是护肤品、洗发液、香水瓶之类，猛一看这一类生活遗物出人意料地繁多而庞杂。这个酒瓶便置身其中，但里面已经没有酒，估计是倒掉了。

他将瓶底仅剩的一点儿液体，倒进另一个茶色的小药瓶里。朱易优找到一个熟人，在某大学司法鉴定中心工作，请他做了化验。结果是含有大剂量的甲基苯丙胺类的毒品。

当时他就傻了，跌坐在沙发上。

本来离婚这种事，为争夺财产撕破脸也不出奇。端木哲是疯了吧，一个穷疯了的钱串子，居然要置他于死地，或许还有夺妻之恨。

良久，恢复意识之后他才想明白，那条励志的短信"都是我们的"是什么意思，为什么急于离婚的苞苞后来又不提离婚了。而一个披着艺术家外衣的服装设计师嗑药过量导致死亡，是再正常不过的一件事了。

实在要感谢高科技，冰冷的电子产品有防身衣般的温暖，就像 DNA 测试拯救了整条公安战线。

三郎家客厅的墙上有一幅油画，画面是一正一反两个金发碧眼的天使，他们在花园里飞舞，肩膀上长出毛茸茸的翅膀，正面的那个肉肉的男孩，肚脐眼就装着针孔摄像机，俯瞰着这个布置典雅而温馨的房间。

油画的品位乏善可陈，是苞苞买的。可见那时候的心情，她是希望尽快生孩子的。她喜欢孩子。

在酒精的作用下，三郎的意识开始渐渐模糊。但他仍旧记得，在他轰然倒下之前，苞苞再也没有喝酒，只是怔怔地看着他，眼神中充满狐疑，意思是这一切你是怎么知道的？

她瞪大了眼睛，但根本想不通。

那种样子，还是蛮讨喜的。

凌晨 1 点 10 分，苏而已赶到了酒店大堂的门口。服务生把车钥匙交到她手里的时候，埋怨了一句："迟到了 5 分钟啊，客人都等好久了。"苏而已点头致歉，抓过车钥匙向轿车奔过去。

她打开驾驶室的车门，一股刺鼻的酒气扑面而来。她也顾不上这些，急忙把头伸进去说了句："不好意思，叫你们久等了。"

说完这话，她顺势坐在驾驶室的位置上，这才着实一愣,刚刚反应过来轿车的后座上坐着什么人。她忍不住再一次回过头去,由于轿车被服务生停在大堂门外,在酒店大堂内辉煌的水晶灯的映照下,后座上的两张面孔清晰可辨,一个是柳三郎,双目紧闭地靠在一个年轻女人的肩膀上,那个女人则目光平和地望着窗外,似乎在想自己的心事。

世界真小,小到一抬头便看见了你喝醉的脸。

苏而已这样想着,尽可能从容不迫地发动引擎,一系列熟悉的规定动作之后,豪华轿车悄然无声地驶离酒店。

身后的女人说了一个地址,苏而已嗯了一声,表示明白。

深夜的道路清静了不少,只要正常行驶就好。随着道路的细微起伏,只有好车才懂得在平稳中顺势呼应随即还原,让人感到知性、贴心的抚慰。没有声音,整个世界都知趣地静默。

苏而已抻了一下脖子,这样便可以从后视镜里清楚地看到后座上的那两个人。柳三郎一直在睡,年轻的女人则一直看着窗外,她的轮廓柔和,眼梢微微上翘,鼻梁挺拔,细看是个美人。为何在看到他们第一眼时没有惊到手忙脚乱?那是因为苏而已并不是第一次看到这一对璧人了。

回国之后,她曾经一个人去过一次教员新村,只是想去柳家看一看。她做好了充足的思想准备,柳三郎或许已经结婚生子,那是再正常不过的一件事,他们应该是互不相欠的吧?作为老同学登门探访,她说服自己的理由是走完整理好情感的最后一步,凡事都应该有始有终。

她承认有过一些时间节点,她想过联络他,可是她又能说什么呢?而他,又能为她做什么呢?特别年轻的时候,他们就是性别置换的一对情侣,遭遇一个大时代便经不起任何风吹草动。

那是一个星期天,她抱着承受一切现实的心态前往柳家,没有提任何礼品、果篮之类,只带了一瓶法国葡萄酒,希望自己显得优雅而礼貌。私下里,应该是跟岁月有一个了结。

但当她看到柳家的那座陈旧的楼房时,还是犹豫了,是近乡情怯的那种体会。说句老实话,如果不是因为大溪,她是一定选择一个转身就是一生的结局。这便是她的性格,她的决绝,她就是这样一个人,曾经多么恣意生长无所顾忌,如今就有多么淡然处之不谈风月。

然而大溪是她和三郎的孩子,她到法国之后才发现自己怀孕了。以她的性格,身处那样的困境,打掉孩子是唯一的选择。她去的是一个华人的诊所,那个女医生为人友善,她说你确定拿掉孩子吗?她还说你的子宫严重后倾,以后再想怀上孩子也不是那么容易的事。

苏而已诉说了自己的难处,女医生思考了一下,决定把她介绍到有教会背景的避护所。可以说是大溪指引她走上了一条生路,她在避护所里住下,并找到可以维持口粮的工作,先是在避护所做清洁,后来身子重了就去厨房,总之那里的人都很友善。她也是在生下大溪之后,才知道女医生是一个虔诚的基督教徒,但这已经不重要了,包括她的子宫是否后倾也不重要了。

有了孩子,父亲这个称谓就绕不过去。

也不是没有侥幸的心理,万一他还记得她,或者因为各种原因依然单身。总之那一天内心里百味杂陈。

也就在这时,一对年轻的夫妇从她的身后走过,熟门熟路率先进了单元的门。说他们是小两口因为自然地挽着胳膊,男人的另一只手提着精致的参茶礼盒。女的不知道在小声说什么,两个人都笑嘻嘻的。

苏而已一眼就认出了那个男人是柳三郎,女人的正面没看清楚,背后看她穿了一件玫瑰红的外套,肩上背着一只圣罗兰的坤包,黑色的透明丝袜紧包着纤细修长的小腿,脚上是一对经典款的黑色高跟鞋,鞋面的标识是口字形金属大扣,是女明星最爱。

女人一身名牌,也一身的喜气洋洋。

也许刚结婚不久吧,怎么看都是高度和谐、相衬的一对。苏而已感觉自己若此时上楼拜访，不仅不合时宜，简直有点像来砸场子的小丑。回到家里，心情仍然失落，就把法国红酒给打开了。

母亲说道，闲着没事，喝什么酒啊。不过，隔了一会儿，也拿了个杯子过来跟她对饮，深夜里的母女在酒精的作用下有些怅然和失神，但是什么也没有说，更没有长吁短叹，氛围是闺密一般的心心相印。

所以今天再一次看到他们，苏而已并没有想象中那么吃惊。

轿车驶进一个高档小区，是风格沉稳绝不张扬的小型楼盘，只区区4幢相似的公寓楼，停车的那一栋，透过玻璃门可以看见门厅的仿古灯、油画、黑皮沙发连同男管家一应俱全毫不含糊。

三郎的太太在车上就掏出皮夹子把费用付了，她这一次的装束虽然没有上一次那么醒目，但是一身黑更令她显现几分雅致。

她架着三郎，腾出手来接过苏而已递到面前的车钥匙。

"谢谢。"她说。

"需要帮忙吗？"

"不用。"

他们走了，三郎的步子深一脚浅一脚，重量几乎都压在太太身上。苏而已在黑暗中站了好一会儿,直到男管家见状跑过来搀扶三郎。他为什么喝那么多酒呢?而他太太也是异常平静,可见是他们生活的常态。然而,所谓的醉生梦死不这样又哪样呢?被人们羡慕又肯定的人生不这样又怎样呢?

其实在这之前,苏而已在网络上已经看到了三郎的成功,他已经成为这个时代货真价实的青年才俊。

三郎居住的小区在优质地段,临街是一条主干道,沿着人行道独自行走并不会感到不安全,反而因为深夜人流和车流的减少,别有一番清静。苏而已决定步行回家,好在离她家也不太远,四五站的距离。

至于她的心情,她想起那次跟母亲对饮之后,她们乘着酒意聊了两句从不愿意触碰的话题。

"你想爸爸吗?"

"想有什么用?可能没有消息反而更好吧。"

"我想爸爸了。"

"只有亲人才会把事情搞得一团糟,"母亲浅浅地呷了一口红酒,眯起眼睛,半晌才道,"其实妈妈最感激的人是你,要不我可能就病死在乡下了。"

"你恨他吗?"

"谈不上,就是耽误了你。"母亲的眼圈微微发红。

"哪有,我这不是很好吗?"

"找个合适的人吧,我可以跟你分开住。"母亲淡淡地说道。

她的内心陡然一阵酸楚,但也只是一划而过的忧伤。这个世界从来都不相信眼泪,当时她什么也没说,甚至莞尔。但在心底决心做一个女汉子,照顾好母亲和大溪。

疏星点点的夜晚格外清明幽寂,然而在她的眼中却是一片肃杀。回想起昔日的轻狂甜蜜,爱,根本什么都不是。

苏而已开始慢跑,希望尽快离开那些"草色遥看近却无"的记忆。

手机传来信息进入的提示音,她边跑边打开手机。"睡了吗?"是周槐序发过来的,他知道她晚上常有代驾的工作,所以不太顾忌时间有多晚。而且,他是唯一一个没有对她做代驾指手画脚的男人。她也被某些男人追求过,一听说上有老下有小立刻闪人。如果是小老板一定说才挣几个钱?一个女人家不要做了需要多少我给你。她总是在心里冷笑,我凭什么要你的钱?接受周济也是面子,我凭什么给你这个面子?

苏而已想都没想就关掉了手机,继续慢跑,后背可以感觉到一点水蒸气般的细汗。

就让他觉得自己睡了吧。不然呢?一块去消夜?喝一碗虾蟹海鲜粥在漫漫的雾气间四目相望?然后手拉手地走一段夜路？她不是不知道他的心意，但是那又怎样？就算她在他心目中是一朵白莲花，在他的那个锦绣家庭里，在众人的眼光中也还是"拆烂污"。

她再也不要演悲情剧，哪怕是当女主角。

母亲手术后只观察了一晚上，没有发现意外就决定立刻出院，回到家里休养，等到伤口拆线的时候再到医院去处理一下即可。毕竟住院的费用太高了，每天送到病房来的打印的医疗支出一览表，密密麻麻，长的时候单据可以拖到地上。苏而已还好，母亲根本躺不住了，一心只想出院。

这就是现实的焦虑，她要卖掉多少童装才能把手术费用赚出来？想到狭小客厅里一地的等待快递的包装盒，满桌子的等待填写的邮件单，她根本没有一点力气用来感伤。去年的双十一，他们一家三口忙了整整一天，母亲累得胳膊都抬不起来了，大溪到楼下买的盒饭。

把母亲接回家安置好以后，苏而已便买了果篮去周槐序家拜谢并接回儿子。对于素昧平生的周警官的帮助，她的内心里除了深深的感激，而后升起庄严的敬重，似乎那些非分的理解都是一种轻慢。

苏而已也很喜欢小周的妈妈，感觉她优雅、和善。

这是一个典型的锦绣家庭，就像高档小区的样板房一样，供大家观摩、仰慕和学习。

当时大溪正在玩着遥控器,指挥空中的鹰嘴热带鱼氢气球游来游去,眼看着圆滚滚的氢气球越来越不受控制,飘到了阳台上,再飘就有可能随风而去,大溪大声喊着小周小周,陪坐在客厅的小周只好起身去搭救大溪。

在回家的路上,苏而已批评儿子太没有礼貌了。

大溪默不作声,只是诡异地笑了笑。

你笑什么?

没什么。

照理说,这种"无下文的回应"她也不是第一次做了,可是周槐序还是会像老熟人那样偶尔给她发个信息。尽管她对他印象不错,但也绝不会接受他发过来的任何一个彩球。

她想。

并且她一直也没有停止奔跑。

8

他努力想睁开眼睛,但是眼皮就像岩石一样,一动不动。

是延续性动弹不得的沉睡。其实周槐序感觉自己早就醒了,而且意识相当清晰、活跃,完全知道是跟忍叔在外面执行任务。他们轮流开车,可是后半夜他实在困得抬不起头来,换成忍叔已经开了超长时间,陈旧的二手车开得累心累人,他必须尽快替换忍叔。

就是睁不开眼睛。

一周前,技术部门传来令人振奋的消息,端木哲的手机沉寂两年之后,居然开机启用了,虽然只打了一个电话,还是被查到是在广东汕尾陆丰打出的。这是一条有价值的信息。去年年底,广东方面还出动3000多警力清缴毒品,仅一个博社村就查获冰毒近3吨。然而深层的制贩毒网络并未被彻底铲除,如果端木哲万人如海一身藏,应该算是最安全的地方。

于是忍叔和小周立刻开车奔赴汕尾。

端木哲的这只手机,只在他失踪后的一个月,给他堂哥发过一条简短的信息,说他只是外出避一避债务,希望堂哥帮他照顾一下自己的父母。信息是在东莞发出的,此后一直关机。这让忍叔和小周在东莞一无所获。

现在信号重新出现,想是端木哲以为避过了风头可以浮头了。

根据这一信号的指引,忍叔和小周一路追踪日夜颠簸到山西临汾,最终查到这只手机在一个运煤的载重卡车司机手里，他承认是运煤至汕尾，其间曾经有两男一女搭过顺风车，具体是谁把手机掉在他车上了，他也不知道，因为那三个人互不相识，在不同的地段搭车。他捡到手机的时候是开机状态，见里面还有钱他便照常使用。

忍叔把协查通缉上的端木哲正面免冠照片拿给开车的师傅看，师傅肯定地说搭车的两个男人都不是这个人。

同样这张照片，初到陆丰的时候，也在当地做过调查和研判，并没有搜集到有价值的线索。得知陆丰近一年来抓获制毒贩毒的犯罪嫌疑人共322名，其中也没有端木哲。

不过忍叔还是耐心询问了两个男人的长相，又问了他们分别从哪里上的车，又在哪里下的车，认真地记在笔记本里。

小周的眼前再一次浮现出端木哲那张小镇青年的脸，仍旧是嘴角上扬挂着隐秘的笑意，双目低垂却暗藏野心。一身白色的实验服令他超有自信。你们绝对找不到我。他的神情就是这个意思。

他们收缴了这只手机。

归队。

终于，周槐序被自己剧烈的咳嗽惊扰得坐了起来。汽车里弥漫着一股浓烈的辣椒的气味，是他们在车上用来醒神的，想必是忍叔为了让他多睡拼命地嚼辣椒。所以啊，那种公安干警雷霆出击的场面,实在是征婚广告。而他们真正的生活就是奔波、蹲守、日夜兼程、饥一顿饱一顿,总之是辛苦的煎熬。

周槐序干搓了一下自己的脸:"让我来开吧。"

"我还以为你死了呢。"

"不好意思,这回我开到底。"小周胡乱地抓了抓脑袋。

忍叔两眼布满血丝,道:"算了吧,马上就到加油站了,找点吃的吧,我饿昏了。"

"哪有钱啊?这些地方又不刷卡。"

"我有。"

"不可能啊。"

"警官证夹层。"

周槐序急忙伸手抓过后座上揉成一团的忍叔的外套,摸出警官证,果然找出200块钱来,当即恨不得亲吻一下半旧的纸币。现金总是最好用的,他身上的现金早用完了。内地的吃住小店,只认钱不认卡。借记卡也不行,据称发现过假卡,也能打印出凭条,但是钱永远不会到账。

"嫂子监管不力啊。"

"是她给我放的,每次没了就会放两百,说是救急,总会用得上。"

"好女人啊。"

"有什么用?跟着我也没过上好日子。"

"听说新调来的正头儿是你的老同学,红运当头啊,你不是还教导我人生就是低头服软吗?"

"可是人生也要自在啊,我懒得开会。每天一大早,吹个大背头正襟危坐,讲些有的没的,真的假的。还不都是狗屎人生。"

小周笑了起来。

一直以来,小周都视忍叔是一高人,平平淡淡过着草根生活,又与世俗保持着有效距离。他的话未必细思极恐,却总是一种盛世危言的味道。两个人一路闲聊着驶进加油站,里面停着大大小小的车辆,从车况看也可以想见开车或乘车人业已是人仰马翻。

离加油站不远的地方,有一家无名大排档,门口醒目地贴着招摇的大红纸,上书"农家菜,柴火饭"。对于饥饿的人来说具有强烈的吸引力。

大排档肯定是占道经营,档内档外全是简易的折叠桌、塑料凳,能省即省,虽然不是饭点,但食客委实不少,全都吃得热火朝天百无禁忌。店主与小二也是神情冷漠见惯不怪,看到他们的表情就知道此处别无分店。

两个人找位置坐下来,小周点了一个农家小炒肉和一个炒土鸡蛋,问忍叔还要不要点个青菜。忍叔说青菜回家吃。

这也在意料之中,有一次两个人在外面执行任务,也是吃大排档,一碟青菜和一条清蒸鱼的价格一样,忍叔就点了两条清蒸鱼,还是这句话,青菜回家吃。

店里的柴火饭装在一个大木桶里,放在店中央的地上随便添。有些人吃饱以后还装一些在自带的饭盒里,店家也熟视无睹。

也许是饿的原因,小周感觉这一顿实在是人间美味。并且转眼间就吃了三碗饭,自然是狼吞虎咽。相比之下,忍叔就吃得从容不迫,一边还若有所思,吃完饭的碗和碟子干净如洗。

小周再一次想起他们有一回一整天没吃上东西,最终碰上一家麦当劳,小周吃汉堡包吃得差点咬到自己的手指,实在是太饿了。忍叔居然不吃洋快餐,坚持要找面条店。真够能忍的。

忍叔说自己天生是干一线警察的料,说到破案抓人,无非是比谁更沉得低,耐得久,忍得住。

沿着107国道一路狂奔,下午4点10分,泥猴子一样的二手车驶进了市区。周槐序感觉周遭的车流明显稠密了不少,主干道呈现微拥堵。

身边的忍叔一直以后仰的姿势闭着眼睛,但不知道他睡着了没有,他睡眠不太好,有时候越累越睡不着,所以有养神的习惯。这时他的手机响了,他摸出手机接听,听了一会儿才睁开眼睛。

是支队的萧锦打来的,萧锦是队里唯一的警花,竹竿一样的身材,性格细致高冷。她告诉忍叔目前正在处理一起命案,骨干全部都在现场。片刻,她把命案地址发到了忍叔的手机上。忍叔立即打开导航仪搜索到位置,并叫小周在前一个路口调头。

"马上就是下班高峰了,必须尽快穿过天河北路。"忍叔说道。

"嗯。"小周向左打着方向盘,心想,千万别在天河北卡住,上下班高峰时这条路水泄不通,如果是在附近聚餐,午餐变晚餐,晚餐变消夜。本来,按照他们的打算,是想把车放回队里,然后回家洗澡睡觉休整一下,但从忍叔瞬间肃穆的眼神中可以感觉到事态的严重。

"你都想不到是谁把谁杀了。"好一会儿,他才开口道。

小周侧目,看了忍叔一眼。

"大王把小王砍死了。"

小周吃惊地睁大眼睛。

隔了一会儿,眉尖拧在一块道:"是小王把大王砍死了吧?"

忍叔的表情也开始含糊，回想是不是自己听错了。"去了就知道了。"他也只能这么说。

"这事还没完了？"小周嘟囔了一句。

"针大的孔，斗大的风。"

"看上去还都是体面的人。"

"暗物质啊。"

"什么意思？忍叔我现在跟你比起来就是文盲啊。"

"现有的物理学假设认为，人类目前所认知的物质世界大概只占宇宙的4%，暗物质却占了23%，还有73%是暗能量。"

"什么是暗物质？比如？"

"是一种人眼看不到的物质。在1930年左右，科学家就发现有一些星系团中的物质，产生的引力要比其他可以看到的星系多一些，但是这些物质不发光也不发热，所以就起名叫暗物质。我相信证明它的存在是早晚的事。"

"你是说没有犯罪可能性的人犯罪，不会比指纹库里那些有前科的疑犯更少。是这个意思吗？"

"你说呢？"忍叔透过前挡玻璃直视前方，"无论是谁砍谁，本来他们都是这个社会的上游家庭，也是离我们工作职守最远的家庭。"

小周想了想颇以为然，不禁带有敬佩之意地点头。

然而不知为何,他的脑海里突然飘过端木哲那一张欠扁的脸,本来嘛,他老家的乡下,好像就出过他这么一个大学生,光宗耀祖父母亲很有面子,十年寒窗都已经熬出头了,成为受人尊重的化学老师,却要去碰毒品。他应该也属于暗物质那一类的人吧。

车轮飞转,二手车又开始像喷气式那样喘着粗气,轰鸣作响。

还好,因为反应迅速,他们的车顺利地通过天河北路,然后一路向北又行驶了将近40分钟,到达了目的地"芳慧苑"。

这个小区最大的特点就是宽敞气派,园林打理得十分考究。相同的6幢楼房看着中规中矩,外墙颜色陈旧暗淡,虽然是老房子但仍旧气势伟岸,超大阳台最少也有十几平方米,透着昔日特权的优越感。不用问,是老王生前分到的房子。相比之下,普通的商品房格局永远是小鼻子小眼儿。

其中的一幢楼房下面拉着警戒线。

有警车和值勤警员。

死者是小王没有错,他横躺在客厅的中央,地毯、旁边的茶几、沙发上全部都是血迹。忍叔打开裹尸袋,小周看见那张曾经相当俊朗的面孔已被砍得面目全非。"公子金貂酒力轻",这样一张脸毁于乱刀之下,尤显触目惊心。

大王显然不是职业杀手,没有一刀毙命的本事。

斧子就扔在尸体的左侧,萧锦跟在忍叔身边小声报告,说小王上下共有37处伤口,有的部位露出了骨头。

勘查现场的工作已经收尾,完成工作的部分同事陆续撤离。

客厅里呈现出激战后的特有的冷清,品位上乘的青砖地上,推倒的,破碎的,翻天覆地的,所有的一切统统是静止的状态。由于是老派、西式的装修风格,场景反而显得有些不真实,有一种老电影的制旧和隐晦。又仿佛事件之外,有一双眼睛在静静地注视,暗含忧伤。

虽然行凶后大王没有离开,并且是自己报的案,然而第一现场仍旧需要保留,需要解释杀人动机。

大王被带到另一间小会客室里,他有些木然,但总体神情松懈地坐在那里,一言不发。

讯问笔录上一个字也没有。

萧锦对忍叔说,唯一知道的信息是出事的前三天,大王小王的母亲因心脏病复发住院,目前还在监护病房,不方便告诉她实情。

至于事态是怎么恶化的,接手的刑警一无所知,一头雾水。

是头儿交代给忍叔打电话,尽快让此事有个头绪。

忍叔用眼神示意萧锦离开小会客室。萧锦走后，忍叔把讯问笔录纸卷了卷插在上衣的口袋里，他四下环顾小会客室。小周也感觉到隐形图案的壁纸是米色的三叶草，西式餐桌上的英国陶瓷茶具等细节，都显示出曾经的主人希望过精致生活的良苦用心。

家庭装修的风格也坚持整旧如旧，小周这还是第一次见识到，内心感慨老王的审美还真不是盖的。

屋子里有一丝时隐时现的檀香，清淡而绵长，餐桌下的丝质地毯是粉蓝的底色盛开着白百合，与客厅里厚重的羊毛地毯不同，小会客厅散发着私密的温馨。墙上的油画是一个正在梳妆的裸露背部的女人，从她丰腴的腰身和凝脂般的肌肤可以想见是个美人，她卷曲的长发瀑布似的倾泻。

"这套房子真心不错。"忍叔望着天花板上的羊皮吸顶灯，由衷地感慨道，还一边微微颔首。

大王先生下意识地四下里望望，并无惋惜之色。

满脸仍旧写着"不用审了我什么也不想说，就把我直接毙了吧"。他的眼神里有一种无所畏惧的光芒。

空气越来越沉闷，整个房间像一张满弦的弓绷得紧紧的，似乎随时都可能"嘭"的一声断裂或坍塌。

萧锦重新走了进来，与忍叔低声耳语，但因为房间里异常安静，她的话小周听得一清二楚，想必大王先生也同样听得真切。萧锦说医院给大王的母亲再一次下了病危通知单，已经是入院后第三次下达了。

这时大王突然冷笑了一声，面色铁青却轻松道："死了也好，老王家就可以销户了，挺好。"

忍叔和萧锦怔怔地看着大王，周槐序感觉后背一阵凉意。

小王的尸体被运走了，勘查现场的工作也全部结束。但是忍叔和小周还是等到下班高峰过去，电梯里的人没那么多的时候押解大王，下楼后才给他戴上手铐，坐进警车离去。

直到晚上11点多，大王的情绪才渐渐从最高点回落下来。他被带进讯问室之后，忍叔并没有让人在椅面上锁住他的双手，反而亲自递给他一杯热水。这让大王的脸色有些缓和，毕竟这么长时间了，急火攻心，嘴角一圈燎泡，从中可以看出他内心的煎熬。他一口气喝了大半杯水。

忍叔又叫小周去买了3个盒饭，3个男人不言不语埋头吃饭。

是四大民间名吃之隆江猪脚饭，另外三样是兰州拉面、桂林米粉和沙县小吃。开店开得全国上下遍地开花。白米饭上肥美的猪蹄肉搭配解腻的酸菜异常好味，犹如羽泉不能分离。房间里飘散着猪油特有的香气。

"世界上还有这么好吃的东西，我怎么不知道？"大王突然说道，还笑了一下，整张脸像暗灰的顽石突然裂开了一道缝。

忍叔和小周吓了一跳，下意识地互望一眼。

"隆江猪脚饭你没有吃过吗？很出名的。"忍叔奇道。

"我连听都没听说过。"大王眯缝着眼睛，显现出享受美食后的陶醉。

小周心想这个世界有太多的不可思议，无论科技多么发达，人类膨胀到以为自己无所不能，还是找不到一架失联的客机。大王所生活的阶层不仅没有民间疾苦，同样也没有世俗之乐。

他活在自己的世界里，情绪失控也不出奇吧。

饭后，大王开始诉说，他的语气平淡，像是在另一个空间遇到了另一个自己。

按照与医院达成的协议，小王顺利地拿到了赔偿款，科室里的护工，当然主要是以跛足人为首的熟护也全数遣散，据说另外组织了新护工。这些都是护士长对老王夫人说的，希望夫人宽心，早日恢复健康。

老王的遗体告别仪式设在殡仪馆的青松厅，遗体上覆盖着党旗，十分庄严地走完了自己的人生历程。

全家人都感觉松了一口气。

这时老王单位老干处的工作人员来找老王的夫人，说老老王大约在 5 年前，还没有脑萎缩的时候，曾经写了一份遗嘱，由老干处的科员陪同去了市里的公证处，不仅对遗嘱做了公证、存放，还全权委托了老干处在他死后，负责通知家属并且共同查阅遗嘱。

于是某一天的下午两点，全家人跟着老干处的工作人员去了市公证处，在那里排队叫号，等了一个多小时才叫到号，可见业务之繁忙。

公证处的工作人员郑重其事地拿出了老王的遗嘱。

遗嘱的内容想象不到的简单，就是那套芳慧苑的房子归大王所有，由大王带着妈妈居住，但是芳慧苑书房里全部的书都归小王所有。

其实老王的房产并不止芳慧苑一处，只是这边算是祖屋，最大也最讲究。其他的房子投资也好自住也好，分散在不同地段，当然不如芳慧苑。而且大王小王各有居所，老王患病期间，夫人也是住在离医院最近的自家的小单元投资房。芳慧苑一直闲置在那里，静如处子。

轮流看完遗嘱之后，大王和小王都惊得说不出话来。

大王先生感到意外的是，从小到大，父亲都深爱风流倜傥的小王，嫌弃他的木讷愚笨，怎么可能把芳慧苑留给他呢？所以他去公证处的时候没抱任何希望，一切顺其自然。父亲给什么就拿着，不给也在意料之中。

当天晚上，在家里的餐桌上，小王就炸了。在公证处时他还算顾及有外人在场，忍住怒火没有爆发。

他劈头就说，这个遗嘱是伪造的。

他说，爸爸一直最爱我，怎么可能给我书？都什么年代了？谁还要书啊？直接拉到废品站都嫌累得慌。好吧，就算遗嘱造假也拜托有点专业精神，文件也写得逼真一点，不要烂成一个笑话。

大王实在听不下去了，因为小王显然不是针对妈妈说遗嘱有假，目标非常明确是冲大王来的。大王当然急了，就说你有证据吗？

小王说还用证据吗？从一开始你就跟老刀搞在一块，从精神到身体胁迫了父亲，一手导致了父亲的死亡。面对明显存在过失的医院，面对那些有邪恶心态的护工，你没有做过半点抗争，包括对医院赔偿的 40 万不屑一顾，现在一切都合理了，因为你希望这份假遗嘱早点兑现，你等不及了。

小王对大王说，这根本就不是爸爸的思维，是你的思维，你要羞辱我，你要报仇。

对于小王的狂想症，大王无言以对。

从此，家庭大战不宣而战。那段时间每天都是在吵架、动手或者推推搡搡中度过的。

大王的性格也有倔的一面，他把母亲接回芳慧苑，心里想着父亲没有生病前，心里还是非常明白的，只有把母亲和房子交到他的手上，这个家才不至于败干净。在他的内心充满了对父亲的愧疚，那些曾经令他伤感的往事仿佛做了一道柔化处理，变得温馨和意味深长，里面其实有他没有发现的浓浓爱意。他想，他绝不会辜负父亲的重托。

至于小王的指责，他说既然我们吵不清楚那就打官司，怎么判我都没意见。小王没有证据，官司没法打，就一直胡闹。

由于小王不分昼夜地前来骚扰，大王换了芳慧苑的门锁。小王提着斧子就来把门和锁都砍烂了。

这样的事小王干了3次，大王对那把斧子简直太熟悉了。

因为巨大的动静，因为报警，也因为呼叫的救护车拉走晕倒的母亲，在整个芳慧苑里，王家成为人们议论的中心事件，成为茶余饭后最好的消遣，是且听下回分解的连续剧。就是这一点深深地刺伤了大王的心。

他一直是个内向的孩子，脸皮薄，面子大于天。哪怕是晋升、职称、利益这一类别人无比看重的事，只要伤及面子他都会选择隐忍。对于暗恋的人，无论多少机会降临他都开不了口。

可是现在他成为电视剧的男主角，口口相传，任人评说。

终于，他决定妥协。

他对小王说，遗嘱的事先放一边，你也搬到芳慧苑来住，反正房子够大，我们还可以一起陪伴母亲。

但是小王并不同意。小王的意见是他和大王还是各住各的，母亲也住回那个小单元。芳慧苑由他抵押给一个朋友，他要跟人家成为合伙人一起做生意，肯定发大财。大王当然不肯，因为自改革开放之后，小王涉足过的若干生意，结局总是惊人的一模一样，那就是血本无归。

卖掉祖屋是绝对不能应承的一件事。钱，没有人不计较，更重要的是这样的行为如同农村砸锅一样忌讳。大王尤其讲究这一点，相信做伤害祖辈的事会殃及家人和孩子，大家都过不好。

战争进一步升级。

压倒大王的最后一根稻草，是一天傍晚，小王又找上门来闹得不像话。一直缄默不语的母亲实在忍不住说了他两句。小王不仅顶嘴还用力推倒了母亲，母亲摔倒在地，额头碰到茶几上鲜血直流。急救车再一次哇啦哇啦开进芳慧苑拉走了母亲，这一次医院下达了病危通知单。

大王最后一次换了芳慧苑的门锁，然后像武士道中的"士"一样，神情肃穆，正襟危坐，等待小王提着斧子上门。

周槐序不记得大王什么时候停止了诉说。

因为讯问室里异常寂静,没有人说话,只有一点淡淡的隆江猪脚饭的余香。

9

眼前一片漆黑,黑暗中,一首节奏分明,铿锵有力的狐步舞曲飘然而至,音量如寒汀竹影般影影绰绰,时而流畅时而渐消,更增添了些许神秘。那是一个巨大空旷的舞台,一束柔和的追光亮起,紧跟着起舞的男女,他们礼服加身,妆容精致到可以看清楚每一根上翘的睫毛,光洁的额头大理石一样平滑,下颏微微扬起,神情漠然如结起薄冰的湖面。

怎么看都是绝配型佳偶。

他们的腿部也密不可分,潇洒灵动之中杀机四伏,你进我退,我退你进,心思缜密却波澜不惊。将所有的刀光剑影暗藏于无限优雅之中,一切算计都在步伐的方寸之间,慌者输,乱者杀。音乐声渐渐震耳欲聋。

三郎惊得一下子坐了起来。

都是端木哲种下的祸根,他在心里骂了一句。

更让三郎吃惊的是，在一侧台灯的微光里，苞苞安静地靠在床头，慢慢地吸着薄荷烟。

挂钟指向凌晨4点36分。

什么情况啊？三郎的脑袋一片空白。直到这时，他才发现自己赤身裸体，一丝不挂地坐在被子里。

床下的衣服裤子凌乱地摊了一地，全数带着当时急于扒下来时的痕迹。

他懊丧地闭上眼睛，缓缓地倒回床上。

最近发生的事只能说是一连串的不可思议，他的记忆开始慢慢恢复，头脑清晰如刚刚清理过的抽屉。昨晚也没有喝酒，一切的发生都在自我掌控之中。苞苞对他的怨恨和失望也都是必然。

数天前的一个下午，他在24小时银行自助服务厅里取钱，是一幢大厦的一楼，并不当街，要拐几道弯才能见到。但是令人称奇的是门前少有地自备停车位，而且居然常有空置，所以他常到这个服务厅来，算得上驾轻就熟。自动提款机吐出钱之后，他数都没数就卷进口袋。机算永远大于心算，这是他的信念。最后一个动作是收回银行卡。

刚一转身，他就愣住了。

排在他后面站在黄线之外的人居然是苏立，他当时就石化了，以为自己出现幻觉，或者穿越到了不知什么地方。

但真的是苏立。

苏立比他平静多了,因为等待操作个人业务的人还有六七个,他们在苏立后面排队,其他的机器前面也有若干人,总之这是一个公共场所,所以苏立微笑地示意之后,还有条不紊按照语音提示取了钱,收回了银行卡。

淡定啊,取钱还重要吗?他暗自想到,像移动的泥塑一样走出服务大厅,在门外等待苏立。

满脑袋疾风骤雨,九级狂澜。

他曾经无数次地设想过他们的重逢,最称心如意的,是在一次国际春季时装发布会上,他们都带着自己的作品,在繁忙的后台意外相遇,当时无比混乱的后台陡然间静默无声,进入默片时代,时间变成固体形成抽象的雕塑,在他们的身边勾勒挺立。他们四目相望,彼此熟悉而又惊讶,然而那是激战前夕,他们只是用眼神、气息、温情,还有他们的纯朴无华、高级灰色调的作品相互关照。其实什么都没有改变,他们心灵相通。只有华丽的相见才不枉当初在深山老林里的缠绵,名利的确让他们变成了当今时代的楷模。

没想到他们的重逢这么日常。

他们都穿着休闲装,神情散淡,俗气地取钱,跟这个世界交易。

还是她先开口说道,你……还好吗?

他想说,不好,或者很不好,或者你到底跑到哪儿去了?为什么不跟我联系?难道我就那么不重要吗?这一句就算了,有点像韩剧台词。你知道我等你等得多辛苦吗?他妈的生活简直来源于港台剧。

凌乱。

最终说出来的是,还好吧。

他看着她,目不转睛,仿佛她会瞬间消失。"你呢?"他说。

我还好。

他想说我们找个地方坐下来聊一会儿吧。可是他看见她飞快地看了一下手表,他马上说,你赶时间吗?我送你过去。顺手指了指停车场上的宝马。

她说不用了,我搭地铁很方便。

哦。他只好这样说,不过并没有忘记互留手机号码。只是苏立报号的时候有一丝不为人察的迟疑。

就像清风拂面,只有片刻的欣喜。

后来的若干小时,他都不知道怎么过来的,在干什么。没有办法工作,也没有办法集中精力,翻杂志那些华服红唇变得惊悚,溢美的辞藻像聚集在一起的苍蝇,在脑袋里嗡嗡作响。喝咖啡烫了嘴。然后莫名其妙地希望天黑,好像天黑就能掩盖什么似的,或者带给他多大的勇气。

最终他忍不住给苏立发了信息:"今晚8点我在花园酒

店大堂等你,你慢慢来,我会一直等下去。"

花园酒店的位置就在地铁上盖。

苏立没有回复。

三郎还是推掉了晚上的应酬。他感觉她会赴约,否则她就拒绝了。但是她有些犹豫,或许她有家庭、孩子了,不想再翻陈糠烂芝麻。但是他不行,必须知道她的一切,至少对自己是个交代。否则他就完了,他陷在一片看不见的沼泽里,她是他的光。

五星级酒店有一种独有的香氛,属于暗香浮动,借以启动客人神秘的大脑,记住每一次的入住,像幽会一般贴心又不动声色。

三郎点了一杯软饮料,坐等苏立的到来。

8点45分,苏立的身影匆忙地出现在玻璃门处,她下意识地四处张望。三郎站起来对着她挥手。

还没等她坐下,三郎便省略了所有的寒暄,直道:"我离婚了。"苏立的表情明显僵住了,一时不知该怎么接话,她望着他,慢慢坐下。"我其实过得很不好。"三郎补充了一句。有一种如释重负的坦然。苏立点了鲜榨橙汁,静静听着三郎的陈述。三郎说:"我跟前妻就是不合适,责任主要在我。"其中的细节当然不提,也没有必要提。

然后满脸写着,你呢?该你了。

苏立想了想,好像不太想谈自己。沉默了片刻才淡淡说道:"我们家破产了,我爸欠了高利贷,现在还不知道躲在什么地方。"说到这里她居然笑了,"怎么这么不真实?像剧情简介一样。"她不往下说了,或者是说不下去了,笑容变得苦涩,清澈的眼神掩饰着沧桑。然后她就闭嘴了。我什么都不想说。她脸上写的就是这个意思,眼睛望着别处。

他特别有抱住她的冲动,然后对她说你的情况还能更糟糕一点吗?好让我能够配得上你。当然,他没有。他们是熟悉的陌生人,是高冷的羞于表达情感的都市人,必须坚强到牙齿。

"一个人吗?"他小心翼翼地问道。

她点了点头。

他的内心一阵狂喜。以前的事就不提了,让我们从现在开始。当然他仍旧沉默,但是已经感觉到久违的激情与冲动正在重生。

男人对这种能力需要病态的认可。

这也是三郎深感对不起苞苞的地方,昨晚给母亲过完生日,那是一个完美的夜晚,他回到家中依然兴奋不已。这时的苞苞正在卧室收拾她的衣物,她自己有单独的柜子,两年了,他碰都不想碰。终于在平静分手之后,苞苞可以把她的东西全部拿走了。三郎也是想等这之后再把大门的锁换掉,所以他并不知道苞苞会在这个晚上来收拾衣物。

一个巨大的黑箱子摊在卧室的地上,猛地看上去满床满地都是女人的各种衣服、裙子,还有轻薄质地的性感内衣,带有情趣意味的小护士制服。苞苞在低着头收拾,见到他,用无奈的眼神打了招呼。

几乎是在一瞬间,他冲上去抱住了苞苞。

二话不说地按倒她,在那一堆垃圾品位的衣服上,苞苞显得颇有诱惑力。他像疯了一样,把这件事做得地动山摇。实木的大床轻飘如一叶扁舟,肆意撞击在墙上发出咚咚的声响。苞苞完全是被吓住了任其摆布,没有呻吟也没有喜极而泣的机会,意想不到的风暴将她彻底淹没了。这时候的三郎像换了一个人,没有理智,没有思维,脱缰野马一般地奔驰。

身体的语言却在提醒他,一切的症状都是心因性的,他不能停止,他可以,他完好如初。

"这算什么呢?"苞苞在他的身后幽幽地说道。

薄荷烟的味道一重又一重地袭来,既清凉又刺鼻。"就算是夫妻一场吧。"她仿佛自言自语道。

幸福使人慈悲。昨天傍晚,母亲的每一条皱纹都是舒展的。此时他最希望自己做的就是转过身去,对苞苞真诚地说一句,以后无论碰到什么困难,都可以来找我,我们的恩怨就此扯平。当然,他没有。他一动不动背对着她躺着,这个世界没有也许,没有以后,即使是所谓周济,你乐意,别人未必乐意。所以,他什么也没有说,什么也没有做。

天快亮的时候,三郎又沉沉地睡去。

再一次睁开眼睛,天已经大亮,阳光从月白和雪青相间的厚厚的窗帘缝里挤进来,令静美优雅的融色披上了霞光。三郎还是第一次感觉到日光并不是那么可憎,他起身拉开了窗帘,仿佛拉开了新生活的序幕。

苞苞并不在床上。

地上的大黑箱子也变魔术一般收拾妥当,靠墙肃立,外加两个大环保手袋。这么大的工程他毫无知觉,可见睡得多么死。

天色湛蓝。

远处,以西塔为代表的一重又一重的高楼大厦像青山峻岭一般错落有致,看着让人心里踏实。如果是晚上,就变成集成电路板那样星星点点光束密布。三郎喜欢繁华,没有繁华就没有繁华中质朴的自己。

洗漱完毕之后,三郎换上干净的衬衫来到客厅,听见厨房里传来煎鸡蛋的声音。看来苞苞也不准备兴师问罪,他也想把这个尴尬的早上礼貌、谦和地混过去,从此劳燕分飞各奔东西。正是因为从此再无挂碍，现在才要表现得体面一点，不必面目狰狞。

三郎在餐桌前坐下，像两年前任意的一个早晨。

所不同的是，此刻他的脸上，挂着一丝智障人士特有的那种既诡秘又发自肺腑的笑容。

手机的铃声响了，果然是母亲，只有她会这么早打电话。

"我一晚上没睡。"她说，"当然是高兴的，大溪跟你小时候一模一样，就像饼印，想不认都不行。"

他仿佛看见母亲的笑容。

昨天傍晚，他回家给母亲过生日，母亲穿上他亲手做的衣服，稀罕地来回摩挲。"这布料太好了。"她赞叹道。"你儿子是布痴啊。"他说。"手工也周密，是个好的手艺人。"这已经是母亲对他的最高夸奖。他很想说，这里面有爱。当然，他没有说，如果心里有千言万语，那就什么都不用说了。

母亲盛好汤，就是普通的胡萝卜玉米排骨汤。她是一个家常惯了的人，不喜欢夸张。她说，做衣服就是不要夸张，布料好、沉静的颜色，哪里需要设计？加上纯手工，就是上等的货色。

吃饭也是，不会夸张地操办。

这时有人敲门。

会是谁呢？母亲的眼睛在问了。这时三郎才说，我还约了苏立，妈，你还记得苏立吗？

母亲有点吃惊，但还是点点头。

想不到苏立带来了大溪。看到大溪第一眼的时候，母亲就热泪盈眶，所谓血脉相连是最骗不了人的。这是苏立送给母亲最大的礼物，也让三郎如坠梦中，根本无法相信这个世界上会有如此神奇的事，并且不偏不倚就降临在自己的头上。所以，他的目光从始至终都没有离开过大溪，满脸写着不可思议。因为这件事完全超出了他的经验，他的想象。

母亲一夜未眠是很正常的。

"我记得苏立是有钱人家的女儿。"母亲一直絮叨，她的担心可以理解。她与其他母亲不同的是，总觉得自己的孩子不够好，家境不够好，特别是苞苞坚决要离婚，应该是对母亲最沉重的打击。

"她家破产了。"他只能这么直接地安慰母亲。

"哦，那就好。"

怎么能这么说？母亲也真是的。所以说这个世界上根本没有客观的母亲，只要对自己的孩子有利，哪管天崩地裂洪水滔滔。

"她也一直没结婚，你看大溪教得也很好。"他继续给母亲吃定心丸。

母亲一连串的嗯嗯嗯。

这时,一碟煎鸡蛋、培根和涂好花生酱麦包的盘子放在了三郎面前,三郎急忙向苞苞点头示意。

"妈,您放心吧,我会把事情处理好的。我还要上班,挂了啊。"

苞苞一言不发,平静地倒奶。两只玻璃杯变成宁静的白色。她在三郎的对面坐下,面前放着同样的西式早餐。

两个人默默地吃早餐,刀叉的声音反而有些刺耳的锐利。

"一会我开车送你吧。"三郎打破沉静。

"嗯。谢谢。"

"还是回你妈那里吗?"

"嗯。"

"如果你不嫌弃,就到淘金路那套公寓去住吧。"

三郎当年曾经投资一个62平方米的小套房,因为地段还不错,放租比较方便。

"不是租给人家了吗?"

"租约到期,那个租客搬走了。现在空着,不过要自己整理一下。"三郎是真心同情苞苞,她那个妈,怎么一起住啊。

"真的可以吗?"苞苞沉默片刻,看着盘子说道。

"都说了你不嫌弃就去住,租客不租了就是说那条街上住了黑人,还有好多洗脚妹。"

"没关系,我想去住。"

"那一会我们就过去,我帮你把箱子提上去。"

"房租怎么算啊……"

"房租就算了,你想住多久都行。"三郎也看着盘子说。

"哦,那就谢谢了。"

吃完早餐,苞苞洗完杯子和碟子。两个人提着箱子出了门。临走的时候,苞苞环视了一下客厅,三郎装作没有看见。

车子开在环市路上,没有人说话,静悄悄的,再往前开右转就是淘金路了。苞苞坐在后座,一直用手撑着脸颊望着窗外,这时像是偶然想起一样突然说道:"两年前的5月12号,你跟端木哲见过一面吧?"

"怎么可能?"三郎脱口而出。

苞苞没有理会他,继续说道:"5月12日很好记啊,是汶川地震纪念日,你用我的手机给端木哲发过一条信息,叫他到我们家来一趟。"

"那两个警察又来找我了,他们不知道在哪里找到了端木哲的手机,里面有我发给端木哲的信息,我告诉他们那不是我发的,他们不相信。我只好告诉他们,当我知道端木哲要害死三郎的时候,我害怕了,想到他有一天说不定会杀掉我,再说他搞的减肥药又吃死了人,警察到处抓他。所以说好一起逃跑,但是我并没有去跟他约好碰面的地方,就更不可能给他发信息了。"

"谁能拿到我的手机发信息?你还是想好怎么跟警察说吧。"

三郎一个急刹车,苞苞的脑袋碰到前座椅背上,啊了一声。因为听得太过入神,汽车差点追尾。

她是幼儿园老师,但不是幼儿智商。永远不要小看任何一个人。

三郎本能地开着车子,右拐后驶进淘金北路,许久没有过来,曾经充满小资情调的街道和铺面有一种时过境迁的破败。

他再一次想起了薄荷烟细腻的慢慢弥散开来的烟雾,像花一样在眼前绽放,生机勃勃的太阳蛋在白色瓷盘里微微摇晃,苞苞最后环视客厅时目光中的淡淡忧伤。为什么每一个画面都显得意味深长?

本来,这是一个轻松、休闲的周末。

为了去听晚上的音乐会,黄莺女士从下午就开始梳洗打扮。傍晚出门的时候,她穿着香奈儿的外套,佩戴镶嵌山茶花标识的珍珠项链,整个人还要香喷喷的,打上蝴蝶结就可以送人那种。每次都是这样,除了盛装,晚饭还要去西餐厅。她老人家的意思是这样的享受才算完整,要对得起这个美丽的夜晚。

周槐序陪母亲去了三兄弟西餐厅,这个店铺并不精致奢华,反而有些过分随意,桌椅、桌布、布置、摆设都是有年头的陈旧感觉。然而菜式非常地道。如果用餐时兄弟中的老大一高兴,还可能拄着拐杖慢悠悠地走过来奉送一道价格不菲的甜品,然后聊上几句。每次黄莺女士都可以享有殊荣,因为老大喜欢老派而盛装的女士,感觉与他的铺面相映生辉。

苏格兰交响乐团在大剧院演奏古典音乐。

他们的位置在楼座一排。小周也喜欢交响乐,至少可以闭上眼睛休息脑袋。最近发生了太多的事。

观众在陆续进场,各色人等。有人平静,有人的神情异常兴奋。有女人化着大浓妆,穿着比黄莺女士夸张多了,也有人随便得像上街买菜一样就来了。有人一直歪着头在欣赏大剧院的建筑特色。

这时他的眼神停留在楼下大约15排的样子,他看见了苏而已和柳三郎,中间的座位上坐着大溪。

苏而已在看节目单,柳三郎的一只手搂着大溪,不知在说什么。

小周掏出手机打给苏而已,他看见苏而已接听了。

"你在哪里?"他说。

"我在大剧院,准备听音乐会。有事吗?"

"跟谁在一起?"

"大溪的爸爸。"

"哦,没什么要紧的,我再找你吧。"

周槐序收起手机,他可以绝望了吧——她甚至连骗他的心都没有,如实秒回他的问题。就像他因公调查柳三郎,很正常地牵扯到苏而已,苏而已也必须回答他和忍叔提出的问题,哪怕是触及隐私。

那天他们就约在利群茶餐厅谈话,一人一杯柠檬茶,都是公事公办的表情。因为不是开饭时间,所以店里清闲客人不多。他和苏而已非常默契地表现出素不相识的样子,事实上他们也的确没有什么可圈可点的交往。这是他们唯一可以选择的最佳态度,必须承认,小周的内心不可能波澜不惊,也有一点点掩饰良好的尴尬,不过苏而已还是平静地回答了他们所有的问题,包括她和柳三郎的情史,以及柳三郎是大溪生父的事实。

小周暗自叹了口气。

"嗯,她的确是个好女孩。"这时黄莺女士在他身边感慨了一句。

"你说谁?"

黄莺女士往下努了努嘴。原来她也看到了苏而已。

"你跟她又不熟,怎么知道她好?"小周有些丧气地说道。

"因为她不接你的球啊,你喜欢她,谁都看出来了,可是她装傻,而且装傻到底。"

小周的内心大为惊讶,但还是假装若无其事,却又不知如何作答。

母亲说道:"她来我们家的第一天我就看出来了,你看她的眼神很不一样。你懂什么叫母子连心吗?傻儿子,是你以为别人都不知道。"

小周一直以为妈妈是简单思维的女人,喜欢鲜花、香水、唱歌、听音乐会的女人就简单吗?这是偏见,要改变。

"可是你们不合适。"

"为什么?比起那些世俗的想法,真爱才最难求吧。"

"爱情非常短暂,但是人最终都是普通和现实的,你的条件那么优秀,应该想得长远一些。"

"那你还说她好,言不由衷,这不是你的风格。"

"我真心觉得她不错,只是她不合适你。"

"听不懂。"

"因为她也喜欢你啊，傻儿子。"

"哪有？她根本不太理我。"

"如果她喜欢你，就会跟你谈一场轰轰烈烈的恋爱。可能是她真的爱你，所以远离，她希望你好，希望你完美，世俗的东西总是更长久。"

不知为何，小周像是被点中穴位一样，鼻子一酸。

"再说了，人家是一家三口，你不觉得你是多余的吗？"

死结。

灯光渐渐暗去，在海潮一般的掌声里，满脸慈祥的老外指挥走出前台，与首席小提琴家拥抱致意。随后，他站上指挥台，背对观众，良久，他才确认身后如沙漠一样空廓冷寂。指尖一点，音乐声响起。

周槐序对于音乐的天然感受力应该来源于黄莺女士，从小到大，因为陪伴母亲他也成为优质听众。他可以清晰地感受到旋律中的乡村，田野，雨过天晴，翠堤春晓，也有疾风骤雨，悲痛和哀伤以及克制的叹息。但是此刻，他闭上眼睛，交响乐的宏伟磅礴化作绵柔的背景音乐。

他的脑袋里只有一个问题，那就是坐在楼下的柳三郎到底是一个什么样的人？

技术部门恢复了端木哲手机上的数据。

苞苞不承认她给端木哲发过信息，理由令人信服。那么谁比较容易拿到苞苞的手机，在苞苞离家前发信息给端木哲？当然是柳三郎。

他为什么要发这个信息？他叫端木哲到家里来想说什么？

这些疑问都很正常，但是忍叔后面的话，令小周的后背有一种触电的感觉，只有0.2秒钟，但绝对是惊着了。

忍叔说，老王的案子里，谁最不可能杀人？小周回答，大王。忍叔说，对，小王或跛足人都是有理由激情犯罪的，一个贪财一个被砸了饭碗，但是没有。那么，忍叔继续说道，端木哲的案子里，谁最不可能杀人？

小周没有说话，但是给电了一下。

忍叔说，我想了很久，这一次端木哲手机的出现，和他两年前发给他远房亲戚的短信，有同一种故意，就是提示我们端木哲在逃。但事实上，端木哲这样一个上了大学就不认父母的人，出道这么久，有钱没钱都从来没有回老家探望过父母，而且有一次他父亲病重，亲生父亲啊，给他打电话他都没有回来看一眼，你说这样的人，怎么可能想到把对父母的挂念托付给远房亲戚？根本不可能，完全是另一个人的思维推论。

这一次手机的出现，显然是有人放到货车上的，这个人知道我们一定会以此为线索追踪这个案子。

生的对面是死。

活跃的在逃对面是什么？是彻底的消失。

端木哲这个人有野心，像他这样够贫寒又欲望强烈的人，上了大学有了文化有时反而是罪恶助推器。他不可能跑到非常偏僻的地方隐姓埋名地做苦力，他想过好日子，也吃不了那份苦了。他如果去制冰毒反而是合理的，去寻找苞苞也是合理的，怎么可能连一点生命的迹象都没有？

串案思维，逆向侦查。忍叔说这是他认同的一种思考案子的方式。

毫无关联的人和事，看似两个独立的案子，有时候会突然打通脑袋里的死疙瘩。每一个职业里的人都会修炼出特有的直觉，其实他一直都在否定这个直觉，但是它仍旧顽强地冒出来。

这种感觉有点像下盲棋，这也是小周最佩服忍叔的地方。他不动声色，但是前棋走的每一步从未忘记，后棋无论如何是一种下意识的关照。虽然不知道对手是谁，棋路却一直都在他的心中。

小周想了想，觉得有道理。而且他夜跑时跟柳三郎撞上还不止一次，发现他还真是穿衣显瘦脱衣有肉那种，绝对不缺力量。不过转念想想还是不对，好吧，就算大胆设想柳三郎杀了人，怎么处置尸体？这可是个技术活。一个人应该是不可能完成任务的。

秘密搜查柳三郎的家和宝马座驾并不是一件难事，但结果像用漂白粉擦过一样。就算过去了两年的时间，还是有可能发现微量证物，然而事实证明想法就只是想法，多半是站不住脚的。

忍叔轻易不下判断，一旦认准的事就会直奔南墙。他决定秘密调查柳三郎所有的社会关系。

于是，柳森浮出水面。

柳森是柳三郎的亲叔叔，自柳三郎的父亲过世以后，柳森对柳三郎疼爱有加，视如己出，资助他完成学业，包括他的毕业典礼，都是柳森热泪盈眶地参加，两个人感情深厚。

柳森现任民政局副局长，两年前曾任殡仪馆的支部书记。这是一段让人浮想联翩的经历，以往不为人知的杀人焚尸案在这一类人手上也发生过，并不出奇。

于是，忍叔和小周去了殡仪馆，调查了两年前端木哲失踪那段时间的火化名录，反反复复，每一个死者都进行了核准。误差率是零。关于柳森的性格和为人，他们也调查了他曾经的同事，都说他这个人还不错，豁达开朗，乐于助人。优点是果断，有能力也有魄力，很务实的领导；缺点是好美人美酒，见到漂亮姑娘迈不开腿，喝酒容易喝高，有一次喝高了放狠话，说他一辈子不印名片不主动跟人握手，但是谁敢惹他就只好风烟滚滚送英雄了。

柳森的酒后戏言加深了忍叔对他的怀疑。可惜疑案从无。

终于，潮水一般的掌声让周槐序睁开了眼睛。黄莺女士一边鼓掌一边斜了他一眼，表达了心中的不满。

"这都是第三次返场了，你才睁开眼睛。"

"三次了还要别人演奏？买白菜一定要白搭萝卜吗？"

"讨厌。"黄莺女士噘起小嘴，继续鼓掌。

外籍指挥还是为热情所屈从，《茉莉花》的旋律宛如湖心的涟漪，缓慢地静如莲花般地荡漾开来。

10

为什么年轻的妈妈们都是半夜买童装？也对，只有半夜熊孩子才是没法折腾的，妈妈们才有时间逛淘宝。

凌晨两点，苏而已还在电脑前处理订单。只要起身决定睡觉，就有一声猫叫的提示音把她拉回来。订单这种事就是这样，你不处理，妈妈们可没耐心傻等，转眼就找下一家，海淘呗,不缺你那一件。所以一听到猫叫,苏而已就没法睡觉,乖乖坐下来处理订单。

总算,房间里暂时安静下来,苏而已得空急忙站起来伸个懒腰,然后重重地倒在沙发上。

腰部被硌了一下,她用手一摸,抓出来一只毛茸叮当猫,张着嘴傻笑。是大溪从三郎家里揣裤兜拿回来的,洗衣服时她把它扔在沙发上,现在依然是扔到脚下那一头。

需要这么拼吗?她想。换作任何一个人都会关上电脑睡大头觉吧?她应该学习那些游手好闲的女人,吃茶点,做头发,涂涂指甲买买名牌才对。自从三郎来找过她之后,几乎是一天一个头彩,所有的担心和麻烦都烟消云散。三郎成功地挤进了成功者的队列,他是真正有才华的,他离了婚,关键是他对她的感情没有变。这样的一家团聚根本是她从不敢想的结局,完美得让人害怕,更像是一个精心策划的圈套或者陷阱。

更没想到的是,问题竟然出在自己身上。

不知为什么,她没有想象中的那么高兴。

人生中注定要遇到什么人,真的是有出场秩序的吗?看似不经意的一个相识或者相遇,或者成为故事,或者变成沉香,以一种美丽伤痕的形式在心中隐痛地变迁。人的一生都有一些说不出的秘密,有一些触不到却又忘不了的爱,总是在夜深人静的时候轰然来袭。

这个发现很不好,在跟三郎共同奔向幸福的日子里,苏而已发现她的莫名的心虚和烦躁都是有原因的,她无法抑制地爱上了周槐序。

这种感觉太奇怪了,她发现是小周治疗了她的"爱无能"。这个阳光干警的小宇宙够强大,而且没被污染过,总是清澈透明的。他的笑容可以灿烂到刺痛她内心最柔软的部位,让人失魂落魄,让人无力挣扎,无处逃遁。

也许是她厌倦了,厌倦了她和三郎苦哈哈的,年纪轻轻就历经沧桑守着一颗千疮百孔的心,努力要过上人见人羡的生活而付出的那种沉重。她可以感觉到三郎也是冷血的,尽管他对自己的过去不愿多说,但完全可以体会到他阴郁的另一面。她常常看着他望着窗外发怔,并没有发自内心的苦尽甘来,或者突然紧紧地抱着大溪,令大溪有些不适应。

小周什么都没有,可是他保留了一个男生最纯正的天性、善良、自然、不会算计地去爱。

她的手机就扔在桌子上,如果再收到小周的短信,哪怕是深更半夜,她一定会打过去,然后相约一起去喝砂锅粥去吃云吞面,一起去江边散步,即使什么都不说,只要可以在一起感觉他白衬衣一般的洁净,春天一样的温暖,也是她所盼望的。

但是她知道，她再也不可能收到他的信息。他从来就不是一个暧昧的人，自从知道她与柳三郎的关系之后，他便没有给她发过任何信息。而在他的眼神里，她看到了只有她明白的忧伤和做错事似的自责。

本来以为一切都结束了，没想到却是另一个排山倒海的开始。

她怎么会不明白，每个人的面前都有两条路，一条是想走的路，哪怕山高水远；而另一条是对的路，是必须往前走的路。她跟三郎曾经那么相爱，时至今日，所有的障碍都像变戏法一样化为乌有，走下去就是花好月圆。

可是爱这个东西太不可靠了，时空、心境、际遇甚至出场先后都可能产生无法控制的化学反应。

她知道她应该走对的路，可是精神出轨对于女人来说既可怕又残酷。并且所有的力量都在迫使她远离那个虚幻的所谓真爱。黄莺女士满脸都写着"不"，她只要有半点不淡定都会被视为"侵入者"。还有母亲和大溪，人生之旅不是江湖古道，不是铁剑柔情快意恩仇，而是扶老携弱，慢吞吞地倚杖前行。

缺乏美感的都不是爱，更像是一种无奈。而挫折和变迁也可以把曾经相爱的人变成铁哥儿们。

苏而已在沙发上昏沉沉地睡了过去。

一觉醒来，天已大亮。她的身上盖着毯子，耳畔听到细碎的压低嗓音的说话声。她坐起来揉眼睛，看见母亲和三郎坐在餐桌前剥豆子，不知在说什么还是笑模样，大溪坐在地上，在玩三郎给他买的游戏机。阳光从窗外射进来，这样的场景有一种油画般的质感。

母亲对于三郎的现状自然是十二分满意，尽管过去对这个腼腆的不起眼的穷小子压根都没正眼看过。财富总是可以重新雕塑一个人的气质，两周前，三郎登上时尚杂志的封面，母亲买菜时在街上的报刊亭发现，郑重其事地买回家，放在苏而已的工作台前。

杂志封面上的三郎微低着头，侧光，冷漠的神情，酷。封面称呼他极简大师，介绍他的品牌"死人杰克"，风格是干净、沉默、举止高贵。

封面上还印有他的金句：少，就是多。我从不谄媚客户。

母亲说，她现在每天的心情都像过年，下雨天也都觉得天是光的，亮的。又夸苏而已当年的眼光神准。

总之每一句夸张的话都让人接不住。

见她坐起来，母亲笑道："三郎都等你两个多小时了。"

"干吗不叫醒我？"

三郎道："反正也不着急，今天我带你去个地方。"他走过来，捏了捏她的脸蛋，"你到底醒了没有？"他总是记得当年他们在山村调查的时候，叫醒她，看着她坐起来他才离开，可是她又倒下去睡了。

她只好笑了笑。

三郎继续道："本来想给你一个惊喜，可是今天天气太好，就改变主意了。"

苏而已还是笑笑，并不想做好奇状。她走到窗前，天气果然很好，蓝天四挂，连半片云朵都没有，美得无法无天。

洗漱之后，已经快中午12点了，两个人吃了苏而已妈妈下的面条，然后开车离去。一路上，都是三郎在说话，东拉西扯的。但是苏而已从心里感谢他，如果让她演，该是一件多么辛苦的事。

驾车往连州的方向开了两个多小时，便到达粤北山区，这一带虽然贫穷但还是山清水秀，深藏在山里的某一处农庄，三郎说已经被他用合适的价格盘下来了，这地方还真不错，山上遍种毛竹，还有一圈荔枝树。蓝天之下，清风掠过，远远望去就像一幅清新的水墨画卷。

空气如矿泉水一般没有杂质，负离子爆表，深呼吸的时候有醉氧的感觉。

住人的平房修得朴素、宽敞，除了厨房和起居室，还有一处庭院，庭院的设计偏暖色，空间层次丰富，将人们的活动空间从室内延伸到室外，完全是自然过渡。室内有生态棚架，藤蔓植物，高挑的房梁上，原色系的手织布倾泻而下，在日光中纹理细密，柔软绵长。

室外是30亩有机农业体验区，另外还有有机蔬菜种植园和精品水果采摘园各50亩，一派小富即安自给自足的田园景象。

农庄里还有小溪，若是美女蹲在溪边也可算作"西施浣纱"写真版。据说曾经的庄主是个文化人，但三郎给的价钱好，时髦的解释是有钱才有资格任性。并且三郎提着一皮箱的现金作为诚意定金，庄主思来想去，就以托孤的心态含泪把这里卖了。三郎说，在合同上签一个数字和见到现金，感觉完全是两回事。真心想得到什么，不要调情，直接开房。

永远不要小看现金的震撼力。

苏而已承认这个地方令她眼睛一亮，但是派什么用场一时也想不好。不见得现在就来这里养老吧。

农庄里的另一侧正在大兴土木，朱易优穿着一身工作服带着工人盖厂房，见到三郎和苏而已，笑嘻嘻地走过来："我跟民工站在一起还分得出彼此吗？"他看上去的确又黑又瘦，跟农民工没什么两样。

他管苏而已叫苏局长。

原来，三郎要把农庄改建成工厂，死人杰克的出品就是用最商业的手法来包装纯天然的手工制作，他将从西南山区请来一些掌握传统女红技术的手工艺人，从纺纱织布的组织纹样开始，通过手工缝制和植物染色，令那些手造之物成为真正的有生命的衣裳。

其实，人们对于商业的理解有失偏颇，商业不一定是快，也可以是慢，不一定时尚而流行，也可以精良成为少数人的恩物。时代不同了，工业机制品永远不可能同时兼备深厚的情感和用心的灵性，随着人类的欲望急速地膨胀，华丽的炫耀的稀奇古怪的衣服已经堆积如山，分秒之间就可能失去价值。无论如何，纯手工和纯天然的方式已经成为这个世界真正的奢侈品。

三郎知道苏而已迷恋手工，迷恋用心，不想当设计师或者艺术家。她需要的是清晨鸟儿的鸣叫，风穿竹林沙沙作响，细雨无声，屋檐上的积水滴滴答答。她需要的是不想说话的时候可以寂静无声。

这里取名华南织布局，将作为礼物送给苏而已。

苏而已的内心不是不感动的，但是她不敢看三郎一眼，很怕跟他的目光对上，不然她会对他说，你干吗要对我这么好？我并不值得你对我这么好。当然她什么都没说，只是渐渐地双颊泛起桃花。

这是沉浸在爱情里的女人才有的美丽，是这个时代的稀缺物质，犹如干净的空气和水可遇而不可求。

然而只有苏而已自己知道，她的内心非常羞愧，所以才会脸红，才会不敢看三郎的眼睛，对于自己的精神背叛，她深深地自责，同时也深深地明白，在这个世界上，三郎绝对是最懂她的人。

清晨，也只有清晨你才能感觉到这个城市在沉睡。

只要是夜幕降临，它永远是不夜、不眠、不休，多晚都不算晚。天亮了，它便开始沉沉睡去。

早上不到6点钟，小周就饿醒了，昨晚跑完现场又开会，晚了，他和忍叔都睡在队里。昨晚吃的是盒饭，根本不顶事。他起身穿上衣服，忍叔翻过身来说了一句："这么早？"他们昨晚快4点才睡。

"我饿了，你要吃什么我给你带过来。"

忍叔起身道："算了吧，我跟你一块去利群喝碗皮蛋瘦肉粥，再来一碟牛肉拉肠。别跟我提包子，听着都饱了。"

小周也不想吃包子，吃伤了。

街道上的交通早高峰要到七八点钟才开始，所以到处都还是沉睡状态，一切安静有序。洒水车叮叮当当走走停停，路边的灌木和柏油路一片一片地湿了。城市也需要苏醒和洗脸，这种感觉还不错。

两个人走在去利群茶餐厅的路上,因为辛苦和晚睡都是面色灰暗,目光呆滞。怎么这么饿?不是得糖尿病了吧?小周想。

此时忍叔懒洋洋道:"你看我们混的,跟犯罪嫌疑人也差不了多少。"

"什么意思?"

"他们背着命案,不就是我们背着命案吗?他们打劫金店,我们就背着黄金首饰要多沉有多沉,就说那个假币案,现在连半点头绪都没有,不还得是我们扛着,逃都逃不掉啊。"

"怎么听着有点沾沾自喜啊。"

"我哪有。"

"别管多么现代化的城市,都少不了我们呗。"

"你不觉得吗?"

忍叔就是这样一个人,内心跟福尔摩斯一样骄傲,像公安局长一样威风,嘴上死也不肯承认。把自己说的,多么微不足道似的。

但只要是风餐露宿艰难困苦的时候,他总是会说,我们是心里有蛟龙的人。算是最励志的一句话了。

茶餐厅里倒是已经有不少食客,都是一些年纪偏大的老者在吃早餐,他们都不用睡的吗?因为是相熟的街坊,又大声地打招呼,个个都好精神。小周只想吃饱肚子再去睡一觉。

两个人找了位置坐下,因为离收银台近,小周喊了一句:"报告芦姨,两个A套餐。"

芦姨眼睛都没抬地嗯了一声。

她在包三鲜馄饨,守着一盆馅,一沓面皮,一只手一捏一个。反正她不是包馄饨就是剪虾须虾线,很少看她闲坐着,老百姓讨生活着实不易。客人多的时候才专事收银。

不一会儿的工夫,服务生就送上来两碗皮蛋瘦肉粥,两碟牛肉拉肠,外加每人一杯热柠茶和一个煎鸡蛋。实在是豪华早餐。

两个人闷头开动,吃得有滋有味。

再平常不过的一个早晨。

也就在这时,发生了意想不到的事。

只听见芦姨"嗷"地叫了一声,随即大喊,"假币啊——"小周抬起头来放眼望去,芦姨拿着一张百元大钞指着门口,只见一个穿白衣服的精瘦青年已经闪出茶餐厅的门外,拔腿就跑。小周下意识地从座位上弹起,扔了筷子追了出去。但此时的忍叔一声未吭,带倒了两张椅子,跑在小周的前面。

白衣青年一路狂奔,丢掉了手上一兜子的菠萝包,这是一种茶餐厅最受欢迎的面包,酥皮,里面夹一片黄油,菠萝包滚了一地。

白衣青年风一样地飞跑,他回望了一眼,发现紧随其后的忍叔并没有停下的意思。这时,更加意想不到的事情发生了,只听"砰"的一声枪响,忍叔应声倒下。小周当即就傻了,想不到用假币的小毛贼手上有枪。

他俯下身去一把抱住忍叔,子弹打在忍叔的大腿根部,鲜血像打翻的红油漆一样在地上漫延开来。

就在这仓皇的一瞬间,小周听见忍叔冲他喊道:"追啊。"

是竭尽心力的一声呐喊。

顿时,小周像得到指令一般放下忍叔,冲着白衣青年奔跑的方向追了过去,他不顾一切地跑着,第一次感觉到灵魂出窍,天和地,偶尔的人群,早高峰的车流,所有的一切都在晃动,拼命地晃动,他什么也听不见,只有自己呼呼的气喘声十倍百倍地放大,什么也挡不住他疾风骤雨般的奔跑,根本忘记了白衣青年手中有枪,心里只有一个念头就是要抓到他。

这样不知跑了多久,眼见着白衣服飘在眼前触手可及,终于,小周像猎狗那样飞扑了上去。

几乎是同时,又一声枪响划破漫长的迷惘。

这个城市,醒了。

周槐序醒来的时候,发现自己躺在医院里,满眼都是白花花的,几张影影绰绰的脸庞全部关切地面向他,有父亲、母亲、身穿警服的大头儿和小头儿,为什么这么混搭呢?一时想不明白。

他又昏睡过去。

再一次醒来,已经是晚上,不知道几点钟,窗外一片漆黑。

只有萧锦一个人在病房陪伴他,见他醒来,给他喂了水,吞咽的动作都会带来刀割一般的腹痛。

"你伤到肚子了,"萧锦轻声道,"好彩是肚子受伤,不危及生命,就是流了太多血,所以你会感觉到意识模糊。"

"不过你好厉害,"她继续说道,嘴角满含笑意,"受伤之后还踢飞了嫌疑人的手枪,把他和自己铐在一块。"

听她这么说,小周才渐渐恢复了一点记忆。

印象最深的还是那一摊红油漆似的浓厚的血,快速地溢开。

"忍叔怎么样了?"他的声音十分微弱。

"还好。"萧锦答道,同时正背对着他拧了一个热毛巾,然后转过身来,走近床边,慢慢地给他擦脸和手,又道,"医生说你要少说话,睡吧。"

人类的爱恨情仇何尝不是一个巨大的谜团,我们深陷其中纠缠不清。却从未理清过其中的经纬与脉络,更加不解其中的奥秘。

　　我们都是制造悲剧的高手,又在悲剧中死去活来。有多少恨就有多少爱,忘我付出或者精于算计,那道题永远无解。

——《黎曼猜想》

越是艰难的事越应该量化处理,或者说换算成钱才能真正解决问题。任何时候,出价,都会让人心里踏实。而最折磨人的往往是绵绵无期的良心审判。

——《千万与春住》

每个人的面前都有两条路,一条是想走的路哪怕山高水远,而另一条是对的路,是必须往前走的路。

——《狐步杀》

人生的底牌,不过是平淡中的温暖,暗夜里的微光。

——《终极底牌》

在梅边落花似雪纷纷绵绵谁人怜,
在柳边风吹悬念生生死死遂人愿。

——《不在梅边在柳边》

拿什么来普度你，我们的那颗充满纤尘和欲望的心。

——《用一生去忘记》

梦到好时成乌有,这对任何人几乎无一例外。

去忘记什么呢?也许是贫穷也许是富有,是仇恨也是恩情,是命运的冷漠和微笑,也是过往的无法选择的一切。

——《用一生去忘记》

永远不要劝女人,劝女人就像劝皇帝。而女人的固执绝不在皇帝之下,劝谏皇帝至少还算拼得君前死,留下身后名;劝女人的下场就是她不仅恨你,恨死你,而且还会以加倍的热情把你劝谏的错误进行到底。

——《锁春记》

人说,爱是废墟中生出的花朵。不知是无望衬托了凄美,还是凄美成全了无望。

——《依然是你》

爱情所要经受的考验不是生死而是生活。人类不灭，爱情不死，不死的原因并不在于爱情曾经照亮了我们的生活，而是对于人类而言，它根本就是无法驱赶的心魔。

——《为爱结婚》

人的一辈子,就是抵御各种欲望和诱惑的过程。

欲望有时候只是一个念头而已,但一个念头却有可能改变人的一生。

——《深喉》

与其忘记,不如死去。
折磨和欲望是一样的,没有人能够抵抗它的侵蚀力。

——《浮华背后》

岁月无敌问张欣……

他也觉得忍叔应该没事，腿伤，离心肺还那么远呢，肯定没事。

萧锦告诉周槐序，白衣青年是个吸毒人员，当时吸食的毒品是新型的麻果，这种毒品会令吸食者产生幻觉，或者精神异常。这个人就是这样，吸食之后相当兴奋，揣着枪出来买吃的，还敢大模大样用假币。

据称他们那个窝点买了几大箱假币，正是队里在追查的批号，应该是很有价值的线索。

这一伙人，假币是在网上买的，仿77式手枪是在网上买的（3把，子弹62发），就连毒品也是网上买了之后快递（量大，1公斤以上），甚至同伙之间都不太知道真名和底细，因为也是靠网络纠集在一起的，全部是年轻的男性，其中两个人是艾滋病毒携带者。

那个白衣青年，吸食麻果之后，曾经跟父母动过刀子，还把家里点火烧了。4次强制戒毒，这次复吸之后更是变本加厉。

周槐序并没想到案情会这么复杂。

这时，病房的门被推开了，只见黄莺女士带着保姆走了进来，保姆手里提着装汤水的保温壶，还有夸张的果篮。黄莺女士直扑到床前，见到小周醒了，虽然舒展了眉头，但是眼圈还是红了。

趁着萧锦端着脸盆出去洗毛巾,黄莺女士小声埋怨道:"当初就该听你爸的话学医的,多么现成的条件。你看看你这一行,也太危险了,真是太可怕了,跟警匪片里演的一样……"

小周没有说话,用眼神制止了母亲。

黄莺女士仍旧忍不住道:"这一枪真是打在妈妈的心上,如果再往上面偏一点点,哎呀我都不敢想……以后妈妈都随你,你想干什么都行,我说的是真的,绝对不当你的对立面。"她又是一副要哭的样子。

小周轻声回道:"你别在萧锦面前说这些,很丢脸的。"

"我知道我知道,我有那么傻吗?"黄莺女士一个劲地点头。

正说着,萧锦又端着脸盆回来了。黄莺女士急忙客客气气地跟小萧寒暄了几句,主要是感谢她日夜守在小周的病床前。

萧锦说:"这是应该的啊阿姨,我和小周有战友之情,保不准以后还是搭档呢。"

当时听到这句话,小周并没有觉得有任何不妥。

仗着年轻的身体血气方刚,3天之后,小周就可以下床了,虽然走路缓慢,但毕竟可以下床走路了。

第一件事自然是要去看忍叔。

萧锦没有办法，只好告诉小周，忍叔已经牺牲了，吸毒者的那一枪打在忍叔腹股沟的主动脉上，救护车到达的时候已经血尽人亡。但是医院还是坚持心肺复苏术 40 多分钟，其实心电监护显示器一直是一条直线。

周槐序不敢相信这一切都是真的，神情甚是迷茫。

所谓搭档，通常是指因为各种原因而在一起密切合作的两个人的工作关系，看上去毫不相干，事实上血脉相连，是荣辱与共的兄弟，是比和家人在一起的时间还要多得多的人。

何况，他们是没有代沟的两代人，在一起的感受是自然舒适，犹如一个人的两只手。

深深的自责感乌云压顶一般向着周槐序的心头袭来，他如果当时不去追人，而是替忍叔包扎，叫救护车，忍叔就不会走吧？那些小毛贼还是会冒出来的，他相信还是可以抓到他们的。可是……他们也仍然带着枪啊……并且，那真是忍叔希望的吗？他的耳边还响着"追啊"那一声泣血的呐喊，忍叔就是那种不抓到坏人比死还难受的人啊。

心里面翻江倒海，腹部的伤口开始隐隐作痛，后背也冒出了一层虚汗。

看见他面色苍白，神情黯然，萧锦道："不如我陪你去看看忍叔的爱人吧，嫂子听到消息，当场就昏过去了，3 天不吃不喝……"萧锦说不下去了。

她扶着小周来到走廊尽头的病房，忍叔的爱人半靠在病床上，两眼并未落泪，而是枯槁地望着窗外。也有一名女内警陪伴忍叔的爱人，她坐在病床边上，握着忍叔爱人的一只手，默默无言。

小周一眼看出嫂子披着一件忍叔生前的旧毛衣，榨菜色，天冷了忍叔永远是这件起球的旧毛衣。

我们是心里有蛟龙的人。想到这句话，小周忍住了要滴落下来的眼泪。

嫂子见到小周，什么话也没说。她只是看着他，是他熟悉的，每一次嫂子看着忍叔的眼光，是淡淡的深情。

嫂子的床头，放着忍叔的遗物，没有什么值钱的东西，居然还有眼药水之类的杂物，有一本黑色人革面的老土笔记本，的确是忍叔常用之物。时代发展到今天，有电脑有苹果6，但是忍叔一直保持着记工作笔记的习惯。小周拿起这个笔记本下意识地抱在怀里。

嫂子轻声说道："你留个念想吧。他这样的笔记本有16本。"

小周点头，内心一派凄惶。

原来，以前那些再平凡稀松不过的日子，才是山水同宽日月同辉的灿烂时光，是夕阳无语壮志凌云的默默相守。身边的人，只有走了，离开了，没有了，所有的珍贵与珍惜才会涌上心头。

小周出院以后，又在家休息了一个多月才归队上班。

办公室里一切如故，什么都没有改变。只是没有了忍叔，这里再也不会出现他的身影，难免又是一阵阵的茫然。

他现在跟萧锦搭档，还有些不习惯。

小周变得有些沉默寡言，这一点大家都能理解，也不在他面前提前尘往事。对于小周来说，最大的改变是忍叔治好了他的失恋症。以前再怎么克制，总会有一些想法飘过，现在彻底断了根，什么想法都没有了。一想到忍叔用手捂住伤口，鲜血洪流一般从他的指间涌出，而他只大喊了一句：追啊——这一幕铭心刻骨，令他永生难忘，如何还能够风花雪月，想那些有的没的？

那应该是对忍叔最大的不敬，如果他真的从心里悼念他，最该做的，就是把他未做完的事情做好。

他最后一次见到苏而已是在健身房，当时远远看到赵教练陪着一个女孩子打拳，女孩子背对着他，瘦削的一条，戴一双大红色拳套，每一拳都打得发泄一般的有力量。赵教练的两只手臂上都戴着长方形的足有6寸到8寸厚的拳靶，一边后退一边抵挡，嘴里还念念有词，纠正动作。

他走了过去,意外发现女孩是苏而已。好好的,为何又不练习唯美的弓道了?是要发泄什么样的情绪呢?

苏而已见到他,像不认识一样,扭头就走。

小周问赵教练,她怎么了?赵教练笑了笑,做了一个不知道的表情。

所有的欲念成灰。

周槐序一个人拿着忍叔的黑色笔记本去了天台,天台空旷,有一些粗生粗养的植物和石桌石凳,经得起风吹日晒。

偶尔,会有一个半个犯瘾的警察跑上来吸烟,今天还好,一个人也没有。是一个常见的阴霾天,月朦胧,鸟朦胧,远处的楼群和街道犹如罩在一个毛玻璃的罩子里。

有时候天气就是心灵的写照。胸闷,气短。

他找了一条石板凳坐下,打开黑色的笔记本。

这是一本工作笔记,笔迹仓促、潦草,陈述简单扼要,没有半点抒情和感慨。但因为是共同经历的案子,那些熟悉的平凡的日日夜夜扑面而来,忍叔的音容笑貌栩栩如生,竟然比他活着的时候生动一百倍,他是大忍之人,却因为有情怀,有担当,一双眼睛格外清澈。

周槐序忍不住泪如雨下,伤心之余又深感天地庄严。

良久,他的心情才平复下来。

他把工作笔记翻到有字的最后一页,只见上面写着:端木案，周边？深圳、佛山……

什么意思？

想了一会儿，无解。再想，还是无解。

另外一页，没有写字，只有一个电话号码，后面写着一个人名，高首谦。小周想了想，也不认识这个人。

他拿出手机，把电话打了过去。

铃声响了3次长音之后，有人接听了，是一把朝气蓬勃的男声："你好，这里是上书房藏书馆。"

"藏书馆？是书店的意思吗？"

"也算是吧，请问有什么事吗？"

"我想找一下高首谦先生。"

"哦，高首谦是我爸爸，我是他的儿子高飞，我爸每周只上两天班。请问你是哪位？"

"我是分局刑警大队。"

"哦，请问是曹警官吗？"

"不是，我是曹警官的搭档周警官。"

"你好，你好。"

"你好。请问你知道曹警官找你父亲什么事吗？"

"不知道，只知道他们约好了要见面，我父亲一直在等他的电话呢。"

"对不起，非常抱歉，曹警官出差去了，因为走得急，一时还联络不上。他要办的事情由我接手。"

"哦。"

"请你帮我联络一下你的父亲,尽快见个面。只要他有空,我随时可以配合他的时间。"

"好的。我再联系你。"

周槐序给高飞留下了自己的手机号码。

高首谦是一个童颜鹤发的老头,相貌和善,精力充沛,头发稀疏全部向后梳得一丝不苟。周槐序按时来到上书房的时候,他已经泡好了陈年普洱茶,茶水淳厚、端庄,而且温度刚刚好。

他戴一块老版的超薄浪琴,是个讲究人。

上书房藏书馆在市中心步行街第二个路口,门面很小,收拾得古色古香,一点都不着急的样子。这在寸土寸金的黄金地段并不出奇,出奇的是招牌比手掌大不了多少,上书店名,字体是魏碑,旁挂在店门一侧,存心让人看不见似的,属于那种多迈一步便一定错过的店铺。

不过走进店里还是给人别有洞天的感觉,比想象中大很多,外间全部都是书架,各种不同版本的书,大部分是旧旧的颜色,高飞介绍说书店虽小,也还是按照经史子集排列。进门处还有一溜可以随便翻的书摊,大部分也是旧书旧杂志，其中还有外文画册。居然一个客人也没有。

内间便是办公场所，全部都是红木家具，打扫得一尘不染。

高首谦介绍说，铺面是他很早以前买的，所以压力不算大，否则以现在的租金看，是根本撑不下去的。

并且，他这里就是一个中转场所，有朋友拿东西过来，无论是旧版书、书画或是其他，无外乎请他掌掌眼，因为他做这一行资深，加上认识的人多，有时候一个电话就有客人飞过来见宝，寻个下家什么的，他也赚一点差价。不过坊间对他的口碑还行，大伙也比较相信他。喜欢古籍书的人倒是越来越少了，现在的知识分子也不好这一口，靠买卖古籍书吃饭纯粹是做梦了。

落座之后，两个人相对品茶。

高老先生说道，曹警官来电话，主要是想了解老王藏书的事，因为是在老王的书柜里看到高首谦的名片。曹警官的意思是谨慎处理老王的遗物，也是对死者的尊重和交代。只是后来可能曹警官一直忙，也就没来电话。

小周没做解释，就说是曹警官出差了，交代他把这件事做好。

高首谦介绍说，他跟老王的确是20多年的老朋友，是老王到店里淘东西，一来二往就熟悉了。后来有了交情就会偶尔喝茶聊天，但是高老的习惯是从不打听客人手上有什么东西，反正说多少听多少。若是在名人手上收了东西也不外扬，越是威震江湖的人他越是不提。五俗之首，他就是这么认为的。老王是个官员，自然喜欢口紧的人。

近几年老王生了病，慢慢就断了联系。现在人都过世了，也是不胜唏嘘。

高老说，古籍善本的收藏大致分为刻本、墨迹本、碑帖、信札和其他文献。墨迹本一直比较抢手，又分抄本和校本两类，并且墨迹本大多是孤品，如果出自名家之手就会引起激烈争夺。平时与老王聊天，他倒是对墨迹本颇有一番心得。高老就猜他是收藏墨迹本的。

但是他对于文人画也算深有研究。高老吃不准，又认为他是杂家。

时间长了，才慢慢了解到，老王是典型的"干部收藏家"，早年在部队，当过连队文书、指导员什么的，转业以后待过图书馆、银行，做文化官员，就因为有文化，没有辜负那些收藏的黄金时代。他的收藏法则就一条：眼界高。但也只有他这样走南闯北的人才做得到啊。

小周忍不住插话道："收藏这些东西，真的有盈利空间吗？"

"以前还是默默无闻，但是千禧年上海图书馆斥资450

万美金从美国买回翁万戈家藏的 80 种 542 册藏书,应该是触动了市场神经。2012 年过云楼藏书的拍卖,使古籍善本一步就迈进亿元时代。"

"这么厉害?"

"举个例子,就'广东题材'而言,梁启超 1916 年作的《袁世凯之解剖》,成交价是 713 万,成为那一场拍卖会的标王。"

"那老王到底是收什么啊?"

"我也不是特别清楚,但是他的视觉涵养很高是没有问题的。不过……"

高老突然停顿,半天没说下去。

小周看着他,并没有催促的意思。

高老继续说道:"不过同时,老王还有对特殊收藏品感兴趣的癖好。"

"特殊收藏品?"

"嗯。"

小周直直地瞪着眼睛,不明白是什么意思。

高老说,特殊收藏就是想法奇特异类,不同于普通人。譬如国外就有藏书家,分类是符号学、奇趣、空想、魔幻、圣灵,总之涉及隐秘和虚假科学就是收藏的标准。

"这有什么深奥的意义吗?"

"没有意义就是意义。"

"老王也有这么不靠谱的一面吗?"

"那倒不是。"高老解释说,他之所以跟老王的关系比一般朋友还要密切、绵长,是因为一直有人托他从老王手里买具有收藏价值的苏联色情作品。

20世纪20年代,布尔什维克党创时期,将曾经的鲁缅采夫艺术博物馆改为国家图书馆,其中收藏了有伤风化的材料,来源于充公的贵族图书馆。热爱淫秽内容是当时上流社会的一种风潮。1910年的俄国老百姓对色情作品也是情有独钟,比如《十日谈》的插图小册子,还有1927年的"性罪犯的社会构成"图表,都是当年的抢手货。

这些珍稀的俄国资料,至少具有社会学价值。

"请问有过成功的交易吗?"小周问道。

"有过两单,其中一单还是18世纪的日本版画。不过我也没有见过东西,东西全部是密封的,两头不见人,一切意愿都由我来传达,那时候银行还没有实名制,汇款都用假名,避免出事和尴尬。"

"这叫视觉修养高吗?"

"海咸河淡,鳞潜羽翔,收藏就是收藏,跟随心性,肯定有高下之分,但那是客观标准,不是道德标准。退一万步也是李银河说的,耻感也是快感的一部分。至少不是洪水猛兽。"

"是极度的压抑感造成的特殊癖好吗？"

"那是社会学家的事吧，我们就活在当下。"老人的语气散淡，倒是蛮有职业尊严的。

离开的时候，高老把小周送到门口。

小周突然停下脚步，想了想道："高老师，我还是有点晕乎……怎么跟听故事一样，不像真的。"

高老没有说话，等着小周往下说。

"比如，我听我爸妈说，过去有很多的政治运动，还有'文化大革命'的洗劫，这种东西怎么可能保存下来？"

"是个好问题，"高老下意识地抚住小周的肩膀，"你说的没错，当年私藏一本外国书籍就会被送往古拉格劳改营，怎么可能收藏这些物件？但是也总有人小心翼翼把藏品套入有共产主义意识形态的文章中，还有《毛泽东选集》里，黑胶革命歌曲唱片的封套里，密封在大缸里埋在后院。总之……"他又一次停顿下来。

这时他们已经不知不觉走到步行街口。

小周歪着脑袋看着高老。

"有需求就一定有暗度陈仓。"老人语调平静地说，但是脸上闪过一丝诡秘狡黠的笑容。

暗物质啊，忍叔的话在小周的脑海里划过，留下印痕。

他把所了解的情况如实向队里的领导做了汇报。

领导商量了一下，决定由高首谦父子为主导，带领助手来完成老王藏书的清理工作。高飞是北京大学图书馆系古典文学编目专业毕业的，无论家传和深造都可以胜任这项工作。

作为收藏家的老王的确是一个杂家，他的书房整整一面墙的顶天立地的书柜，全部装了锁。透过玻璃柜门，里面并非有条不紊，而是横七竖八堆积着各种各样的书籍，但是混乱中自成体系，别有一番气场，令人生畏。诚如高老先生所言：纸寿千年，一是寂寞，二是壮观。

在一个不起眼的地方，小周看到了玻璃门里面用透明胶粘贴的高老先生的名片。暗黄的底色上有一本打开的线装书。

也是公安局长期合作的开锁佬上门配了钥匙，算是打开了尘封的历史。经过整整一周夜以继日的清理工作，高老和高飞都累得疲惫不堪，负责搬书的助手共计3人登高爬低，尘粉一身。

一天，高老先生对小周感慨道，老王还真是有城府之人，他在我面前从来不提刻本，但实际上他就收藏了宋刻巾箱本，简直让我大吃一惊。要知道刻本现在可是按页码计价的。

小周茫然。高老先生戴着白手套拿出一套书给他看，小周感觉品相一般，实在没看出有什么特别。高老先生解释说，巾箱，是古人放置头巾的小箱子，巾箱本指开本很小的图书，意谓可置于巾箱中，携带方便，也可以放在衣袖中。老王私藏的这套宋刻巾箱本，由于名字太长，小周没记住，共13卷，此书甚是珍罕，为铁琴铜剑楼旧藏，一函6册。2003年，嘉德公司的古籍专场秋季大拍，高老先生曾经有幸见过这套书，但因自己鼠目寸光而失之交臂。记得当年的成交价是170万，现在想来便宜到难以置信。

小周听了，更加云里雾里，真是隔行如隔山啊。

高老先生脸颊泛红，目光如炬，可见他的兴奋程度。他笑言，每一个藏书家心里都有一个梦想，就是找到一个老太太，她要卖掉家中的一本书，可是她根本不识字，而要卖掉的这本书竟然是《古登堡圣经》。在告知实情和自我珍藏之间，无论经历怎样翻江倒海和涅槃重生的内心戏，藏书家最终选择后者是独一无二的答案。

两个人都笑了起来。

不过小周当时并不知道那本《圣经》的珍贵程度，后来到网上去查，才知道这本书世界上现存不足50本。

高老先生说，收藏古书和收藏其他艺术品有很大的不同，除了价格，还有一段过往的时光，书籍里的印章、批注、钤印和不同的刻本，里面全是故事，蕴含了无数经手人的精神世界。

慎重起见，最后两天，高老先生请来某资深拍卖公司古籍善本部的职业经理人，对老王的藏品一同鉴别和判断。这个经理人年富力强，超爱嘚瑟，满嘴挂着名人后代，不吓死你不算完。

艰巨的工作终于告一段落，共整理出包括刻本、墨迹本、信札、文人画、特殊收藏品等在内的重要分档，共计146件，总价值初步估算为3700万元。

这个结果也让周槐序暗自吃惊。

书中自有黄金屋，书中自有颜如玉。一个父亲的苦心孤诣也莫过于此了。老王难道不知道小王的品相吗？然而正如鸡汤君所言，不设前提的宽容，就是爱啊。他还是希望小儿子读书学习吧？还是希望他不要不学无术吧？希望他在发现珍宝的时候理解父亲的期许吧？

大王杀小王的案子还在审理中，这样的结果实在让人无语。

但是老王还是爱小儿子多一些吧。

队里的人都在议论这一起杀人案的戏剧性，周槐序又是一个人去了天台，又是一个阴霾天，虽然没有下雨，一切却尽在烟雨中。

有几个警察半围着圈子吸烟,闲聊,见到小周,有人递给他一支烟,以往他会夹在耳朵后面,他是不抽烟的。但是这一次,他点燃了,浅浅吸了一口就咳起来,但他还是又吸了两口,走到天台的边缘,怔怔地站了一会儿。

怀念忍叔。

11

星期天,小周在房间里补觉。

周末的晚上又是加班,他是清早回到家的。黄莺女士刚起床,他对妈妈说,不要叫我,包括吃饭都不要叫我,睡到几时是几时,实在是太困了。

黄莺女士一个劲地点头。

所有的警察都一个毛病,缺觉。

周槐序的脑袋一挨到枕头,顿时昏死过去。人像掉进了黑洞,消失在无边无际的银河系。

岁月静好。

不知过了多长时间,有人轻轻说了一句:"周边……"

周槐序的眼睛像听到指令一样，刷的一下睁开了，前一秒钟他还睡得跟铅块般沉稳。尽管脑袋并未清醒，甚至在几秒钟内不知自己身在何处，但是他敢肯定，他听到了一个神秘的指令。

他开始习惯性分辨。

他房间的门虚掩着，床头柜上有一杯水。肯定是黄莺女士进来送水，走时门没有关实，留有一条缝隙。

小周从床上跳起来，冲出门去。

坐在客厅沙发上的母亲，刚好挂断电话，有些惊奇地看着儿子。

"醒了？"她说，又看了看挂在墙上的时英钟，是下午2点10分，"吃点东西再睡吧。"她继续说道。

"你刚才在说什么？"

"没说什么，跟朋友通了个电话，是马阿姨。"

"跟马阿姨说什么？"

"说皮肤护理的事，她知道一个美容店，店里用的产品和小姐的手法都非常地道，价格也合适……"

"不是这些，还有？"

"还有？嗯……他们的面膜是黑色的，据说是火山泥……"

"不是，你刚才说周边什么的，周边。"

"哦，那个店离我们家太远了，不方便去。她说这是一家连锁店，我们家周边肯定有，我正说要百度一下呢。"

那种感觉又出现了，小周的脊背仿佛触电一样，电流直达头顶。背部渗出细汗。参悟一瞬，刹那花开。他一声不响扭头回到自己的房间，穿好衣服，穿裤子的时候，用脖子夹着手机打电话给萧锦，叫她开着二手车立刻过来接他，并说好在楼下的银行门口碰头。

萧锦最好的地方是不啰唆，从不多问一句，也不会大惊小怪，像机器人一样按照指令行事。

黄莺女士说："我给你下一碗面条吧？"

"不用。"

"就算是警车也飞不过来啊。"

不是时间的问题，他心里有事胸口就会满满的，什么东西都吃不进。他还是摇手，穿好鞋子走出家门。

他站在银行外面的马路崖子上等待萧锦。

街道上车流滚滚，穿梭不息。

每个人都在忙着发财，或者糊口，他想起一个僧人的话，我们的结局都是奔赴死亡。他终于明白了忍叔提示的意思，殡仪馆是全国唯一一家最正规最繁忙也最烟火不息的连锁店。

柳森在周边地区的殡仪馆肯定也是驾轻就熟，每一个系统都是一个坚不可摧的圈子，在中国。

和估计的时间差不多,萧锦开的车停在了小周面前,小周打开门跳上了副驾驶的位置。这么短的时间,萧锦还给小周买了一杯咖啡和一份辣鸡翅,怎么做到的?真是贴心服务。"去哪里?"萧锦面无表情地问道。"深圳。"小周答道。萧锦一踩油门,二手车向着广深高速的方向绝尘而去。

在当地警务人员的配合下,工作开展得十分顺利。

但是深圳殡仪馆里,一无所获,并没有任何异常。

疑点,出现在佛山殡仪馆,两年前那个特殊时段登记死者的花名册里,有一个名字引起了小周的注意。

这个死者的名字叫作仇知,34岁,中山大学在校博士生。死于脑癌。

一模一样的登记,小周曾经在广州殡仪馆的花名册里见到过,因为查过若干遍,几乎每个名字都有印象,尤其是年轻人,越是低龄便匆匆告别人生,越是让人印象深刻,难以忘怀。他记得当时还跟忍叔交流过:"怎么会起这种名字,仇恨知识吗?"

"那个字念'求'。"

"哦。"

"是求知的意思吧。"

"这么年轻,真是可惜啊。"

"嗯,谁说不是呢,当了父母就更见不得这样的事了。"

忍叔一边说着，一边在笔记本电脑里寻找仇知的户籍资料。

这是内部掌握的综合信息查询系统，他们核对每一个死者的身份，必须准确无误。

当时换小周起身点眼药水，长时间看着屏幕，眼睛真是又干又涩。

离世的人可真多啊，当他们变成密集的名单和数字，让人感觉生命好虚无，轻松如黄泉路上的结伴而行。

仇知的户籍资料中，的确有死亡、销户的记录，但是他的照片还在，看上去英气逼人，青春不可方物。

想到这里，小周打开笔记本电脑，核对广州殡仪馆留存的资料，果然，他的记忆准确无误——仇知的记录一字不差地赫然在目。

难道他被烧了两次吗？

当然不是。

第二天，小周和萧锦一起走访了仇知的家，仇知的母亲是一位机关干部，端庄而有礼，不到60岁的年龄，银发如雪。她家客厅的墙壁上，并没有挂着仇知的黑框照，而是一幅放大的生活照，照片上的仇知在绿草茵茵的球场上，一身的运动服，手里还抱着个足球。

蓝天白云之下，他神采飞扬，微笑着看着这个世界，洁白整齐的牙齿在阳光下闪闪发亮。

"我只想记住他完美的样子。"说这话的时候,仇知的母亲显得十分平静,然而仍旧可以感觉到话语后面的不易察觉的颤音。

小周和萧锦齐齐望着照片,不知如何回应。

"我们每天都在一起。"仇知的妈妈慈祥地看着儿子,淡淡的心酸,淡淡的深情,两年,对于一个母亲浩瀚的思念实在是微不足道啊。

仇知的母亲确定孩子的后事是在广州殡仪馆办的,她拿出了骨灰证,也的确是广州殡仪馆签发的。

两个人重新返回佛山殡仪馆,继续寻找相关的资料。

毕竟是两年前的事了,查起来没那么容易,新人问老人,不断重复简单的需求,还要耐心等待。还好功夫没有白费,终于找到了死亡证明、派出所销户证明,当然全部是仇知的资料,领取仇知骨灰证的原始记录也找到了,经办人一栏里写着:柳森(代)。

可以想象他是不经意的。

也可以想象他是托熟人办事,因为这么近的距离要异地火化,总得有些理由,也不方便用假名。

但是这一切都不重要了。

火化车间的烧人师傅说,这个年轻人他确有印象,倒不是因为年轻,黄泉路上无老幼嘛,而是这个仇知满头都缠着绷带，后来说是脑癌也就合理了。比较奇怪的是家人都没有来，说是在国外，告别室里只有一个兄弟，不知是哥哥还是弟弟，神情呆如木鸡，所以给他留下印象。

"仇知"火化的这一天是5月13日，正是端木哲收到苞苞信息的第二天凌晨5点。有这么巧合的事吗？

然而，就算柳森在两年前私烧了一具无名尸，也不能确定那就是端木哲。

一只黑色的、体格健硕的重磅哑铃，被高高举起，向着那个年轻男人的头部猛然砸了下去，动手之狠，之没有丝毫的犹豫，之坚定果敢，让人倒吸一口凉气，根本无法相信自己的眼睛，以为是在看恐怖片。

苏而已当时就傻了，片刻间石化。

她依然是在深夜处理童装订单，累了就靠在沙发上，一只手揉捏着叮当猫，一边想着三郎跟她商量结婚事宜时的情景。

说是商量，语气毋庸置疑，就是织布局开张的那一天，请来有限的小范围的家人和好友，用农场菜园里的菜做沙律，请"胜日门"的法国厨师去做西餐，包括牛扒和甜点，畅饮葡萄酒，田园露天的形式。

两个人也都是白色手纺、样式简单的布衣布裙，用纯色纪念我们单纯的爱情。他说。

不是不动心，旧病痼疾，是没有那么动心。

苏而已叹了口气，三郎的兴致和情绪让人不好意思打击他，真的是痴情和天真。苏而已说过，不需要任何形式。三郎说，为什么不需要，有时候形式就是内容，不是吗？我们记住的几乎都是形式。

每当此时，思绪就像营养不良的发梢，开叉。

最后一次见到周槐序是在健身房，她打拳是因为有深切的罪恶感，看上去是发泄，其实每一拳都打在自己身上，希望减轻内心的不安和自责。见到小周就更让她无地自容迅速离开了。

她没法面对。

还是赶紧结婚吧，人生总有一些矛盾或者问题是无解的，一生永无答案。如果你的心足够柔软，那么每一拳都砸在棉花上。

这时她捏到叮当猫坚硬的心。

仔细一看，叮当猫还真是有心的，圆圆的肚子上有一条细幼的拉链，拉开，一个优盘露了出来。

她有些好奇。

把优盘插进电脑，显示出来的视频是三郎家的客厅。

过了一会儿，看见苞苞在编舞，一看就是儿童舞蹈，动作简单、重复，苞苞跟着音乐一遍一遍练习。

接下来的一段还是苞苞，她在往酒瓶里放白色粉末一样的东西。神色十分紧张，不时张望一下门口。

最后一段，就是三郎用哑铃砸人的情景，他的脸上一点表情，一点畏惧都没有，那个人吭都没吭一声就倒下了。但他仍然在砸，一下一下的，只是那个人倒下时就离开了画面，三郎也跟着离开了画面，只有那个黑色的哑铃，一扬一扬的，下面砸成什么情况，看不见。

苏而已倒回去辨认了一下，确定被砸的人是端木哲，三郎跟她说过这个人，说他是个化学老师，苞苞的前男友，说他制造假的减肥药吃死了人，也制造过冰毒。他的样子，苏而已是在网上追逃通缉令上看到的。

木然的脑袋慢慢像要炸开一样。

苏而已一夜未眠，本想找到三郎家里去，又没想好说什么。应该怎么做？她倒在沙发上，烙饼一样辗转反侧。清晨迷糊了一会儿，醒来心里野草丛生还是一片混乱。

然而她再也待不下去了，心被提在嗓子眼随时可以蹦出来。

所以电话都没打，直奔柳三郎的工作室。

离开家门口的时候突然脚软，差点没坐在地上。

朱易优到纺织局搞基建以后，工作室这边多请了一个窗口小姐,主要负责接待客人,端茶倒水。

小姐告诉苏而已,三郎在办公室里跟客户谈事,好像是要决定进哪一家的进口织布机。最近这段时间一直都在忙这件事,因为代理商很多,价格的差异也很大,还真不好做决定呢。

苏而已在会客室等了3个多小时,一口水也没有喝。

将近中午1点钟,三郎才送客户出来,见到苏而已,眉毛跳了一下,实在感到意外又有些惊喜。赶紧送走了客人,拉着苏而已进工作室。

关好门之后,先是一个大大的拥抱。

苏而已的手迟疑了1秒钟,但还是紧紧抱住了三郎,不知为什么,眼泪不受控制地滴落下来。

"你怎么知道我也在想你?"他低声说道。

她什么也没有说,埋头在他的胸口,唯一害怕的是他突然消失,从此再无踪迹。过了好一会儿,她才把头探出来。

越过他结实的肩膀,工作室最醒目的是一块大面积的吊装,感觉成百上千的空衣架升浮在空中,偶尔会挂上一两件最新设计的衣服,绝大部分是空置,给人虚位以待的期望值,那些木质的、沉甸甸的超宽衣架悬挂着他任意驰骋的梦想。三郎是前途无量的设计师啊。

她的心一直往下沉,她是唯一可以安慰他的人。

当然，她知道她不是来温存的。她竭力平静心情，轻轻地推开他。"我们去吃饭吧。"她说。

"我还真是饿了，早上就没吃东西。"

"走吧，就去二楼吃自助餐，不用等。"

"算了，叫比萨吧。"他转身打开门，吩咐接待小姐打电话叫一份12寸的海鲜比萨。关好门以后笑道："我一分钟也不愿意离开你。"

"那我来泡茶吧。"苏而已莞尔，虽然有一些勉强，但也不落痕迹。

她到烧水的吧台前洗杯子，找茶叶，把电水壶里灌满纯净水烧上。三郎再一次从后面拥抱了她。

除了爱，那是一种深深的依恋。

曾有若干次，在三郎的家中，夜晚，他恳切地央求她留下来。她有些抱歉，推说单身的时间太久了，还没有准备好。三郎笑道，我们还需要准备什么？大溪都能上街打酱油了。但即使如此，还是高高兴兴地送她回家，仿佛又格外喜欢她的自重和矜持。

而她，也喜欢这样的三郎。

看来他真是饿了，大口大口吃着比萨，一时噎着了，苏而已帮他拍着后背，又把茶杯递给他。可是她自己，吃不进任何东西。

"说吧,什么事?"三郎用纸巾擦了擦嘴,一屁股坐在工作台上,微笑地看着苏而已,"我知道你不会轻易来找我,而且是上班时间。"

苏而已拿出叮当猫,放在工作台上。

时间突然像混凝土搅拌机,滞重而缓慢。工作室里没有一点声音,两个人仿佛同时被吓住了,都屏住了呼吸。当然仅是片刻。

"看过了?"三郎看上去并没有情绪失控,像是说看过一本时尚杂志,或者一场时装秀。

苏而已点了点头。

长时间的沉默。海鲜比萨浓厚的烘焙香味还没有完全散去,俗世的人间烟火前所未有地令人眷念。

"你想我怎样?"他说。

无语。

"想让我自首是吗?"

还是无语。

"我最讨厌你这个样子,干吗不看着我的眼睛?每次都是这样,拒绝交流,你在逃避什么?"

她看着他,他的脸色暗沉、死灰。"我问你苏立,你还爱我吗?"

迟疑了半秒:"当然。"

"当然个屁,你早就不爱我了,从我们相遇开始,我做了我所有能做的事。你呢?你做了什么?"这时的他完全变成了另外一个人,高高在上,恶气满盈,还有一份对全世界不满的凛然。

"如果你爱我,"他继续说道,"你根本不会来找我,而是为我保守这个秘密,帮我扛住身上一半的担子。"

他逼视着她,一字一句道:"一辈子都不说出来。"

她实在有些吃惊,他竟然是这么想的,而且理直气壮。

"我们真能跑得掉吗?"

"坚信,就可以成功。"

他越是坚定就越是令她惊恐。

"如果当初我怀疑自己的设计,也不会有今天。"他的脸上浮起一层浅浅的笑意。

"可是这个世界是有是非的。"她说。

"有个鸡毛是非,贪官污吏横行,全民腐败猖獗,我们都在一个臭水沟里混着,傻×才仰望星空。"

"可是我们心里是有星空的啊。"

"我没有,你也没有。你爸爸欠人钱跑了,你怎么不去举报他?"

"你知道这不是一回事,如果你觉得这样说话痛快,那我可以跟你一起去,我可以举报我的父亲。"

"你什么时候变成一个正义的人了?"

"我从来没有怀疑过,我们是一样的人。你知道吗三郎,我们的心会每天都受到煎熬,就像生活在地狱里。"

"别说得那么诗意,你为什么就不能承认已经不爱我了呢?为什么不能够诚实一点?"

"这是两回事。"

"就是一件事。"三郎脸上的笑意变成了一丝冷笑,肯定地回了一句,突然又话锋一转道,"我知道你喜欢周警官,大溪跟你说小周叔叔为什么不是我爸爸?我都听到了。什么意思?什么意思都有了。大溪住过他们家,好身世啊,富贵之人,所以一脸的无欲无求。"

"我和周警官之间,什么事情都没有发生过。"尽管没有底气,但是苏而已只能这么说,她不希望三郎的处境雪上加霜。

"发生过什么,你知我知。"

"如果你愿意,我们现在就去登记。"

"干什么?爱情大放送啊。"

"三郎,你非要这么说话吗?"

"然后呢?我们度完蜜月,你送我去自首?少演这种舍生取义的戏码,真让人恶心。你成全的是你自己不是我,你知道吗?苏立。"

"那你希望我怎么做?"

"你出局了,没有任何机会了,你那么冰雪聪明,会不知道怎么做吗?"

"乱世是有乱象,但是也真的是有是非的,我们跑不掉。"

"没有是非,只有立场。你不想那么做而已。"

苏而已彻底蒙了,这才是最真实、最赤裸裸的柳三郎吗?

"我才不会去自首,你死了这条心吧。是端木哲要杀我,我自我审判了一万次也是防卫过当。你可以去举报我啊,去跟那个周警官,说不定是我成全了你。"说这话的时候,他还有一点沾沾自喜。

并且,看了看工作台上的那只叮当猫。

她真是痛彻心扉,她知道这个世界丑恶,却万万没想到是她心爱的三郎,为她演绎了这个可怕时代的一代人的写照——决绝的自私,冷漠兼无情,把以暴制暴当作替天行道。他再也不是那个穿着格子衬衣给老乡挑水的憨厚青年,不是那个遇到还价的人就会脸红的学生哥。他那么成功,又那么可怕。那么热情如火,又那么冰霜似铁。那么坚持,又那么脆弱。

才华并没有使他更快乐,也没有使他更高尚,而让他平添了一股为所欲为的勇气。

她再一次泪如泉涌，唯一的愿望就是走过去紧紧地抱住他。

他不是这样的，这不是他。其实他的内心害怕极了，胆怯极了，他被这件事折磨了整整两年，根本就扛不下去了。

但是，她知道她不能走过去，目前的他像一个爆炸物，发热发光极度膨胀，吱吱冒着白烟，随时都有可能四分五裂。

"我们都冷静一下好吗？"她轻轻说道，让声调尽可能的平缓，"其实我也没想好应该怎么办。"

"你走开，滚。"他也是语气平缓地说道，没有再看她一眼。

一连数日，柳三郎每天晚上都泡在"酒幕"。

是两个台湾人开的酒吧，男的老老实实开店，女的是半仙特质的说话软绵绵的无龄妇人，名字叫作泓禧，人称禧姐姐。她会算紫微斗数，在巫术界有一点小小的名气。

三郎喝着金门高粱，一条火龙直钻肚肠，着实过瘾。社会飞速发展，绝望的时候也还是古老的酒朋友最贴心，最牢靠，不离不弃。卤猪蹄，香豆干和盐水煮花生米，一切都是现成的。

不知是不是想赚三郎的酒钱，禧姐姐皱着眉头算了几天"紫斗"，还是没有结果。

三郎独斟独饮，心情烦闷。

他对自己的表演非常羞愧，又没有喝雄黄酒，为何暴露出自己是蛇蝎之人？就连他都不知道自己竟有这样惊人的一面。犹如端木哲附体，他终于理解了他的敌人，他们是一样的，无论是为了钱，还是为了报复。他们的成长之路，应该说都是成功和幸运的，但是也都没有办法超越自己。

他怎么会不知道自己穷途末路？唯一能抓住的就是苏立，他的女神，他的缪斯，他的"父亲"，他的才智和力量的源泉。

偏偏就是她，他看着她渐行渐远。

像风一样，抓不住。

"才俊，你喝得慢一点，"不知什么时候，禧姐姐走过来，她管年轻的酒客都叫才俊，亲切而温暖，"不然会烧坏胃哦。"

她笑嘻嘻地坐在三郎的对面。

她的妆容精致，你永远想象不出她洗尽铅华的样子。她多少岁？别猜了，她也永远不会告诉你。禧姐姐穿一件铁灰色的对襟中装，盘扣，两只宽大的马蹄袖上绣着艳丽的玫瑰红色的牡丹花。女人总是觉得带一点点风尘气会更吸引男人,其实狗屁。

男人心底的选择永远是纯真。女人就是80岁了,如果眼白仍有淡淡的蓝色,还是可以令男人动心。

禧姐姐给三郎倒酒:"是失恋了吗?"

"嗯。"

"没有在酒幕里痛哭过的人不足以谈人生。"

"非要现在植入广告吗?"

"我不是那个意思,男人嘛,没失恋过怎么叫男人呢?"

一千万只草泥马从三郎的胸口奔过,赚酒钱还不够,还要谈人生啊。真他妈的想吐。

"你到底给我算出来没有?"三郎的舌头已经大了,木木地问道。

"当然算出来了,才俊,我就是过来告诉你结果的,你有白手起家之象,少有的聪慧多艺,财富可以迅速积存,已经挤到富人堆里去了。"

"完了?"

"要注意肝火旺盛,也有泌尿系统的毛病。"

三郎抬起头来,醉眼蒙眬,茫然四顾。

"总之是4个字。"禧姐姐的眼神吊诡。

"哪4个字?"他的眼睛一动不动地看着禧姐姐。

"凤鬃雪蹄。"

三郎有些不解，禧姐姐用食指点了一点金门高粱，在桌子上写了笔画多的那两个字。

三郎还是不解："我是马吗？"

"你是不一般的马哦，所以说你是真正的才俊啊。"

到底什么情况啊？他的意识渐渐模糊，禧姐姐那一张猩红色的肉嘟嘟的嘴唇也开始模糊，她说了什么，完全听不见了。

等他清醒过来，已经是深夜时分，他躺在自己卧室的床上。

床边的椅子上坐着柳森，阴沉着一张脸，两只手臂在胸前扭成一个麻花，没有表情地注视着他。

三郎硬撑着坐了起来，头很沉，隐隐的炸裂的那种痛。"抱歉，又让你送我回来。"记忆中，他似乎拨过柳森的手机号码，但是没有意识，舌头木到动弹不得，根本说不出话来，应该是禧姐姐叫叔叔柳森把他接走。

柳森叹了口气："去喝一点蜂蜜水吧。"

他把三郎扶到客厅，给他倒了一杯调制好的蜂蜜水："还要这样下去吗？周期性发作。"

"对不起。"

"我明天还要上班。"

三郎看了看挂钟，凌晨 1 点 55 分。他低下头去。

"这样能解决什么问题?"柳森的语气异常冷静,"我们能不能就事论事,不要演得这么累?"

"我想去自首。"三郎冷不丁地冒出这句话。

"你说什么?你疯了吗?"

"我扛不下去了。"三郎的话音未落,脸上就挨了狠狠一巴掌。

柳森厉声道:"那我怎么办?跟着你一起去死吗?我上有老下有小,还有好多女朋友是跟着我吃饭的,你替我想过吗?"

脸颊一阵火辣辣的又麻又痛,三郎说不出话来。

"拜托你醒一醒吧,扛不住也得扛,是狗屎你都给我吞下去。"柳森厉声道,怒不可遏地看着三郎。

三郎也没想到事情会变得这么糟糕,自他知道端木哲要害他以后,整个人都不对了,因为生性自卑、敏感、玻璃心,不然也不可能做设计师。应该就在那段时间,他几乎患上了被迫害妄想症,开车、吃饭、坐电梯,哪怕是散步,无不感觉有人要加害于他。

在大街上,行走在人群中,无数穿心掠肺的目光,全都令人生疑。或者在不经意的片刻,有他不知道的跟踪,更不知道下一分钟会发生什么。

他开始拧巴,内心一直恐慌不定,本来被风投看中,品牌意外成功就让他产生过暴发户的焦虑，感觉忽然而来的财富也会忽然消失。现在又多了一重恐惧，每一次离开家和工作室这两个熟悉的地方，心里就开始七上八下，如果就此别过，再也没有回来，也不一定吧。

这种感觉对他来说是致命的，严重影响了他的工作和生活，尤其是他根本没有办法思考和设计。于是从记恨到憎恶直至愤怒，可以说端木哲深刻地激怒了他，这一切化作一股强大的力量如火山爆发，终于上升到你死我活的程度，满脑子都是"干掉他"这3个字。

"我是真的知道错了，我也说不清当时为什么会那么疯狂。"他气若游丝，出现濒死的状态。

"因为你认为自己神圣不可侵犯，但其实，你又有什么不能侵犯的？那就是你爸爸一直坚持的精英教育啊，只有他的价值观是正确的，别人都不入流。这一点也深深地影响了你。可是你想一想，你爸爸他一辈子看不上我，难道不是一种冒犯吗？我难道就没有自尊心吗？可是那又怎样？我还不是那么爱你。没有谁是不可侵犯的，要懂得做人的卑微，每个人在别人的心目中，都可能被杀死一千次，一万次了。"

的确，柳森叔叔对他是极好的，出事以后，他冷静下来，才感到害怕、恐惧和不知所措。面对着血淋淋的现场，他瘫软在地板上，不可收拾。也只能给柳森叔叔打电话，他来了之后,当然也惊到了,可是他没有埋怨他一句,而是想尽一切办法令他摆脱干系。

"如果当初你能忍一忍,不那么做……"柳森叹道,"现在警察不是在满世界找他吗?会放过他吗?"

可是当时的他,认为干掉端木哲是对自己的"靶向治疗"。

三郎悲从中来,失声痛哭。

片刻,柳森才呵斥他道:"你给我打住,哭有个屁用,这种事当初就不能做,做了,刀架在脖子上也不能往后退。"

"真的能扛过去吗?"

"别忘了端木哲是一个坏人,警察抓到他也不会放过他。"

"可是我心里越来越没有底……"

"事在人为,人定胜天。"

"难道这个世界真的是我们来定义是非吗?"

"命都没有了,是非有什么用?能扛过去的都不是事,能回头的都不是浪子。有些事,查不出来就没发生过。"柳森语气坚定地说道。

柳森走了以后,三郎的心境渐渐平复下来。

相信我,一切都会过去的。柳森叔叔的话音犹在耳,也许这就是血亲的力量,令他重生。

他回到卧室，靠在床上。客厅里的灯有意没有关掉，仿佛柳森叔叔还在那里。他睡意全无。

手机里面有一串留言，他慢慢看着。

其中一条是酒幕的禧姐姐发过来的："才俊，其实一共有7个字，风鬃雪蹄狐步杀。想来想去还是告诉你，请好自为之。禧。"

什么意思？

是说他和端木哲吗？然而他们谁是风鬃谁又是雪蹄？还是禧姐姐不想明说，她已经看到了一场阻止不了的血光之灾？

酒醒之后，三郎再也睡不着了，他不是害怕，他知道苏立并不会去告发他，那不是她的哲学，也不是她的性格。叮当猫肚子里的秘密也已经被他删除干净。当初他为什么会留下证据？他想证明什么？不知道。但是他明白，他彻底失去了苏立，没有周警官，这也是他们的结局。

所以他才会恼羞成怒。

沉默，是苏立对他最后的守护。今夜始知，所谓最好的时光，就是回不去的陈旧时光。寻常、缺憾、不完美，才需要回忆去雕琢和升华。

他躺下来，侧卧并蜷曲着躯体，这样会感觉安全。

突然，他非常地想念父亲。

12

空灵缥缈的旋律仿佛从天际款款而来,袅袅娜娜,似有若无。远远望去,丹峰林立,满眼苍翠。

这是小周熟悉的班得瑞乐团演奏的《寂静山林》,以来自瑞士一尘不染的音符而著称。真正的寂静并非全然无声,名曲之外,这里有采自阿尔卑斯山原始森林的鸟鸣,还有罗亚尔河的溪流声,令人瞬间温和下来。

山林的确是寂静的,田野、山谷和清清的溪水,是天然的露天广场,一群年龄各异的瑜伽和太极的舞者,穿着简朴的全无装饰的原色系土布衣裙,随着纯净辽远的音乐,在落日余晖下冥想般缓缓起舞,宛如身处梦境中的东方净土。甚至连一丝多余的表情都没有,素颜而端庄。

今天是华南织布局开业,首场秀的名称是:清贫的奢侈。

小周在山庄的门口,看见了电视台时尚栏目的采访车和录像车,于是叫萧锦把警车停在了山庄外面,两个人徒步走进华南织布局。

艺术家从来都不缺朋友，这里云集着数目不少的豪车，自然也有相貌姣好的俊男美女，他们的气质和风采，总是散发着古玉一般的光芒，吸引着平凡普通的路人希望与他们亲近。

小周和萧锦是来逮捕柳三郎的。

他们在柳森的别克房车上，在前排椅背的最下方勘查到了陈年的血滴，经过 DNA 鉴定确认是端木哲的血迹。

逮捕柳森之后连夜突审，他承认是柳三郎砸死了端木哲，他去帮忙处理尸体，没有乘坐电梯而是从楼梯把端木哲背下来的，放到他的别克车上离开的。那个楼梯的出口，隐藏在不起眼的楼侧，只有清洁工会偶尔出没，这也是所有小区监控录像并没有拍到任何可疑画面的原因。

为什么没有换车呢？

柳森的解释是，因为刚换了别克房车，突然又换车担心会引起关注。一切如常反而是最安全的。

对于端木哲的手机所发出的信息和游走汕尾，柳森并不知情，只是冷漠评说，多此一举。许多事都是死在多此一举上。

不过柳森强调，柳三郎的举动是他授意或者暗示的，当他得知端木哲要加害于三郎，他不止一次在三郎面前提出过必须干掉他。他深感自己太不冷静了，即使是对待恶棍，也应该相信法律,相信天网恢恢,疏而不漏。完全没有必要从一个受害者变成一个加害人,实在辜负了党对他多年的培养和教育。

从始至终,柳森的神情都异常淡定。

逮捕柳森的那天下午,他还在办公室里处理公务。他的办公室用间隔柜分成接待区和办公区,办公区在里面,有大班台和文件柜,因为间隔柜上端是通透的格子,所以看得见里面的大致摆设。外面的区域是一套深棕色的皮沙发,茶几擦得纤尘不染,上面摆着水果托盘。

沙发旁边另有茶水柜,杯子、各种茶叶以及饮水机,摆放得井井有条。

秘书叫小周和萧锦两个人坐下,正要泡茶,被小周打手势制止,便礼貌地离开了。

柳森在办公区背对着门口打电话,听上去是让他批一块墓地。"……我真的没有这个权力,再等两个月我们会统一放号,根据网上报名的顺序排位……一切都是透明的,经得起检查的……现在没有,真的没有。红线女旁边还有?你去现场看过?拜托,那是统战区和社会名流的位置,那是不可能的……不能这么说不能这么说,都是党的好儿女,盒子上都盖着党旗,简单地说就党员和党员在一块呗……"

解释了好一阵,他才挂上电话走出来,嘴里嘟囔了一句

"人都走了还跟我讲级别",这时才定睛看到今天的客人非同一般。

但也没有惊慌失措。

一起离开之前,还有下属进来请他在文件上签字。他的手并没有抖一下,在茶几上一笔一画签好交给下属。从侧面看,他方脸目深,有官气。虽然眼光阴鸷却又有一种革命者的祥和。

这种神情,给小周留下了深刻的印象。

舞者的表演在一片热烈的掌声中结束了,这时天色已暗,陡然间,一串串,一团团,还有隐藏在树梢和灌木丛中的射灯依次亮了起来,在人们的惊呼声中,露天广场一时间明亮如白昼。

这时,柳三郎走到了广场的中央。

他戴着精巧的耳麦,穿着也十分简洁、利落,这种风格反而突显了他的俊朗和与众不同的气质。

"我希望让服装回归到它原本朴素的魅力中,回归到平凡中再见到的非凡。奢侈不在其价格,而应该在其代表的精神,所以才会有清贫的奢侈。"

他说。

他还说:"如果我们能跟大自然的关系好一点,如果我们对周遭的万物珍重和友善,如果我们能从高度的自我中出离，那就是我想表达的一种生活态度。谢谢大家。"

三郎深深地鞠躬。

他得到了更加热烈的掌声，周槐序也忍不住鼓起掌来，萧锦侧目看了周槐序一眼，面无表情。

小周也感觉到自己的荒诞，秒回到先前的状态。

"但是你必须承认，他是一位优秀的艺术家。"周槐序小声说道。

萧锦点头，但仍旧不以为然道："那又怎样？他现在是犯罪嫌疑人，只不过更让人惋惜罢了。"

"不瞒你说，我一直粉他，买过不止一件他设计的衣服。"

"相比之下，我会喜欢柳森多一点。"

"那个人啊，为什么？大叔控？"

"比较真实，这个柳三郎更合适待在杂志里。你看他那些朋友，哪有一点清贫的味道，他也蛮享受被他们包围的嘛，总之他是个矛盾体。"

"人生本来就是很纠结的啊。"

"都说奢华没办法掩盖品格的缺失，清贫也一样吧。"

他们的目光并没有交流，脸上保持着职业的肃穆，一直并肩看着眼前这个精心策划、设计一流的名利场。

现场又一次出现惊喜，重重叠叠摆成塔形的高脚杯在一个四轮车上,被朱易优推了出来,每一个玻璃杯里都注满淡黄色的香槟,人们围拢上去,形成一个新的小高潮。

这时小周发现,整个山庄并没有苏而已的身影。

秋天最干燥的时节,利群茶餐厅进行了整体大装修。用了两个多月的时间,装好之后重新开张,小周还曾远远看到门口放着半圈花篮。

可是他一直没有时间过去坐一下。

柳三郎归案以后,他写完案情报告,须臾间想起了忍叔,于是决定去利群茶餐厅坐一坐,喝一杯鸳鸯。

芦姨又是在剪虾须虾线,见到他像是见到鬼,有一种夸张的热情,急忙擦擦手,亲自从收银台跑出来接待他,把他带到最好的卡座。一路念念叨叨:"不用说了,我知道你是鸳鸯走糖。你先坐,歇一下,马上就给你端过来。"

说完屁颠屁颠地去张罗饮品,大叫了一声:"飞沙走石。"

"改名字了?"

"不改怎么涨价。"她小声解释。

小周在卡座坐下,环视焕然一新的茶餐厅,收银台的上方挂着财源广进四个大字,下方的关公拜位和招财猫一应俱全。鲜红色的人造革座椅,窗户上镶嵌黄绿蓝三色的仿古玻璃，有一面墙壁的贴纸是旧广州骑楼的景物，始终追求怀旧的理念。整体风格尽显市井风格，俗得丝丝入扣，夺人心魄。

有人穿着拖鞋进来喝一杯奶茶，实在是浑然一体。

店小二拖着成箱的啤酒和饮料进店卸货，后厨有采买出出进进，都是新鲜的鱼肉鸡蛋蔬菜等，十分丰富，可以判断生意比从前好了许多。

芦姨端了一杯鸳鸯走过来，放在小周面前，又放了一杯热柠茶在他对面的空位前，什么都没说，走了。

热柠茶的水蒸气虚虚渺渺地飘浮起来。

怀念忍叔。

他是一个专注到极致的人，尽可能地拆分，直到案情成为粉末状态。他说，我不是神探，我只是有一颗匠心。直觉从不撒谎，反而是聪明会混淆我们的合理判断。

他还说，我对于犯罪嫌疑人没有偏见，每个人的处境不同，有犯罪心理的人未必会犯罪，我只是要搞清楚，你做了没有？做了就跑不掉，没做，也绝不会冤枉你。最需要警惕的应该是那些没有犯罪心理的人吧，如果他们无法控制自己的激情，有可能铸成大错。

这个社会有贪污，有贿赂，有迫害，有谋杀，却几乎没有诗歌、音乐、品质和纯粹的爱，没有远方和梦想，但是无论如何，请不要触及底线，因为总有一些笨人是忠于职守的，总有更多的人选择正直、善良、是非分明。

这是一个特殊的时代，每个人都在跟自己做斗争。

他说过的话还有很多，时不时就会闪现在周槐序的脑海里。然而此时，他一言不发，只是默默地坐在小周的对面。

茶餐厅的音响里播放着美国乡村歌曲，正是抒情王子汤·威廉姆斯的经典曲目《你是我最好的朋友》，低沉的音色如阵阵钟鸣，清澈时如墨绿色的石头沉在溪底，温暖时如冬天燃烧着蓝色火苗的壁炉。

他们就这样，默默地诉说。

小周一口一口慢慢喝着鸳鸯，凝思良久。

人，都是要盖棺定论的。忍叔这个人，有信念，所以活得充沛从容，忠于职守却不强求他人，一直与这个时代保持着不对称的物质匮乏和经济拮据，但其言行举止，尊贵而有尺度，是真正的奢侈的清贫。

现在他走了，如蛟龙归海。

每年春天，季节转换的乍冷乍热，使街道两旁的大叶榕树居然落叶纷纷，仿佛秋天一样，但其实是嫩绿的新叶挡不住地要冒出来装点春天，一夜之间新叶足以遮天蔽日。

所以，周槐序看到满地的落叶，这才意识到3月份已经落幕了。

这是一个春风沉醉的夜晚,依然是小周架着醉得不省人事的马达,站在路边等待代驾司机的到来。还是那辆悦达起亚。

时间过得真快,新一轮的同学聚会如期而至。这一次的聚会地点是在禄鼎记,不吃麻辣火锅你们会死吗?小周说,这也太重口味了。马达非常讨厌粤菜,他说清水菜心,清蒸排骨,吃这么清淡那还叫下馆子吗?在家吃不就好了?你看这健康老油,满满的朝天椒挑战味蕾,那叫一个辣得荡气回肠。

这一次的聚会,是小周拿了父亲的一瓶3斤装的轩尼诗,搞不清多少钱,反正不便宜,大家喝得畅快淋漓。

许多往事和牢骚都在一遍一遍重复,然而日光之下,能有什么新鲜事?都是彼此的见证人,都要抓住转瞬即逝的存在感。

代驾司机还没有来。

都说时间可以抹平一切,可以淡化所有的伤痛。但有些伤痛却会随着时间的延伸,不知在什么时刻隐隐袭来。

小周不由得想起上一次同学会后与苏而已的相遇,不知她现在人在哪里?过得还好吗?思念像一只小手在远处轻轻摇摆,像一个孩子眼中没有落下的泪珠,柔软中是尖锐的思念。原来在他的心里,她并没有离开。

可是爱情需要奇迹。

奇迹并没有发生,匆匆赶来的代驾司机是健身房的赵教练,两个人都感到有些意外。

"你也兼职了?"小周一边把马达扶进车的后座上,一边问道。

"我老婆生孩子了,要赚奶粉钱啊。"

赵教练手脚麻利地坐进驾驶室,发动了引擎。

小周坐在后座上,一边的肩膀扛着马达沉重的大脑袋。

两个人开始聊一些闲话。赵教练这个人最大的优点是不多嘴,不多话。小周不开口,他就默默地开车。

"苏小姐还去打拳吗?"小周自认为不经意道。

"没来过了,自从上次你遇到她,就再也没来过了。"沉默了一会儿,赵教练继续说道,"她在我这儿买了一组课,是付了费的,我打电话想叫她来上课,可是电话是空号,也不知道是怎么回事。"

车内一派安寂。

虽然不是小周打的电话,但是心里还是有些落寞。

花叶千年不相见,缘尽缘生舞翩跹。一直以为,即使断了联系,在这个偌大的城市,在熙熙攘攘的繁华中,电话的那一头始终有一个熟悉的人,一个他喜欢的女子。

原来那一头是什么都没有啊。

或者她会迁怒于他，憎恨于他也不一定。

鸡汤君说，没有理由的心疼就是爱。那么，当他知道她的全部，还是想念她，也是爱吧。小周望着窗外的街景，灯红酒绿。夜色甚是温柔，心底却是遗珠失璧般的怅然和无奈。

车速变得越来越慢，终于彻底停了下来。

半个多小时仍然一动不动，小周把马达的脑袋放在后座椅背上，这家伙早已呼呼大睡，鼾声震耳。

小周下车，向前方走去。

大约100米开外，便看见车祸现场，是令人吃惊的惨烈，混乱到根本看不出情况是怎么发生的。

满地都是玻璃碴子，还有各种汽车零件的残骸或碎片，另有一个孤零零的汽车轮子躺在马路中间。说这里是爆炸现场也不出奇，挂彩的当事人们惊魂未定，看上去衣衫不整，狼狈不堪。

小周给值勤的交警看了一眼警官证，交警解释说，一个16岁的小男孩把他爸的大奔偷开出来，高速驾驶，因为避让其他车子，从对面车道撞烂护栏飞了过来，这边7辆车被他撞得乱七八糟。

"不过大奔还是结实，烂掉也没起火。"

"人呢?"

"这个家伙死不下车,说要等他爸爸来。"

熊孩子。

小周跟着交警去看那辆奔驰,小孩半开着车窗,一脸不知天高地厚的倔强。小周道:"他哪有 16 岁,最多 12 岁。"

"满嘴瞎话,我也要等他爸过来。"

"又是把油门当刹车了?"

交警撇了撇嘴,耸耸肩膀表示无可奈何。

小周说道:"伤亡情况怎么样?"

"还好没有死人,但也有人伤得不轻。"

小周回望了一眼,伤者七零八落分散在路边,席地而坐,肯定衣衫不整,目光呆滞如刚从噩梦中惊醒,而且或多或少都挂了彩。道路中间还有一部分人靠在侧翻、稀烂的越野车前等待救援,估计是无法搬动的人,他们互相照顾,看上去情绪已渐平稳。

"我现在能为你做什么?"小周收回目光。

交警把一个哨子放到小周手里:"刚把通道清理出来,你就把车流疏导过去。我到对面叫同事警车开道把救护车引进来,好多伤员都是简单包扎的。"

另一个交警一直在拍照。

小周说好,开始吹哨子打手势指挥车流尽快通过,其中也包括赵教练开的车,小周打手势叫他先走,赵教练心领神会,驾车全速驶过现场。忙乎了好一阵,情况总算得到缓解。

这时3辆救护车都已经赶到现场,医务人员在各行其职,救护伤员。

周槐序束手而立,终于感觉到筋疲力尽,恨不得席地而坐喘一口气,正想用手背抹一把额头的汗。

这时他的左手像被电了一下,电流迅速通遍全身,是有一只手握住了他的手。低头一看,现场所有汽车的大灯都开着,但还是灯下黑,眼前的担架上躺着的人竟然是苏而已,她的脑袋被一个方框一样的医疗器械固定着,大夫说她胸骨骨折不能说话。

她握着他的左手看着他,星星般玲珑的眼神,柔情似水。